Collection folio junior

Boileau-Narcejac : sous ce double nom se cachent deux auteurs, Pierre Boileau (1906-1989) et Thomas Narcejac (1908-1998). Tous deux épris de littérature policière et auteurs de romans d'aventures, ils se rencontrent et s'associent en 1948. Inséparables, leurs rôles sont néanmoins nettement définis : Pierre Boileau bâtit l'intrigue, Thomas Narcejac rédige, étoffe, met au propre le texte définitif.

La plupart de leurs romans ont été portés à l'écran, notamment par Clouzot et Hitchcock.

Le cycle des Sans Atout dont est extrait *Les Pistolets de Sans Atout*, consacre un genre policier pour les enfants : une intrigue sophistiquée débrouillée rondement par l'intelligence aiguë d'un jeune garçon.

Daniel Ceppi est né en Suisse en 1951. Grand spécialiste de bandes dessinées, il a publié ses dessins dans de nombreux journaux et magazines, et continue à dessiner régulièrement pour *La Tribune de Genève*. Le roman policier a pris le relais de la bande dessinée, et Daniel Ceppi a éprouvé un grand plaisir à illustrer les ouvrages de Boileau-Narcejac comme *Le Cheval fantôme*, *Sans Atout contre l'homme à la dague* et *La Vengeance de la mouche* tous publiés dans la collection Folio Junior.

Yan Nascimbene a dessiné la couverture des *Pistolets de Sans Atout*. Il est né à Neuilly-sur-Seine le 3 avril 1949, d'un père italien et d'une mère française. Son enfance et son adolescence sont partagées entre l'Italie et la France. Il étudie à la School of Visual Arts de New York puis à l'université de Californie, à Davis, où il vit actuellement.

Passant de la photographie de mode à la peinture puis au cinéma, avec la réalisation, en 1981, d'un long métrage de fiction, *The Mediterranean*, il s'oriente ensuite vers l'illustration. Pour Gallimard Jeunesse. il a réalisé toutes les couvertures de la collection Page Blanche et de la collection Page Noire. Il a également illustré *Du côté de chez Swann* (Gallimard/Futuropolis) et est l'auteur de magnifiques albums.

ISBN : 2-07-051360-2
Loi n° 49-956 du 16 juillet 1949
sur les publications destinées à la jeunesse

© Éditions de l'Amitié G.T. Rageot, 1973, pour le texte
© Éditions Gallimard, 1980, pour les illustrations
© Éditions Gallimard, 1990, pour le supplément
© Éditions Gallimard Jeunesse, 1997, pour la présente édition
Dépôt légal : mai 2002
1er dépôt légal dans la même collection : octobre 1990
N° d'édition : 11672 - N° d'impression : 58534
Imprimé en France sur les presses de la Société Nouvelle Firmin-Didot

Boileau-Narcejac

Les pistolets de Sans Atout

Illustrations de Daniel Ceppi

Les Éditions de l'Amitié
G.T. Rageot

Skinner père et fils

François Robion détacha sa ceinture. C'était la première fois qu'il prenait l'avion et il n'avait pu s'empêcher de serrer les dents quand l'énorme appareil s'était rué en avant, dans le fracas de ses réacteurs. Et puis les bâtiments de l'aérogare avaient fondu, étaient devenus de minuscules constructions en fuite, tandis que se dessinaient, comme sur une carte de géographie, des routes, des voies de chemin de fer, tout un paysage diversement coloré. Et le premier nuage, d'un blanc éclatant, était apparu au hublot, dérivant avec lenteur ; et il y en avait d'autres, à perte de vue, comme des icebergs paresseux. Le voyage commençait, on s'installait, on dépliait des journaux, la fumée des premières cigarettes flottait au-dessus de l'allée centrale, aussi large que celle d'un wagon.

C'était amusant de voir toutes ces têtes au-dessus des dossiers, les unes chevelues, les autres chauves. Deux hôtesses, habillées comme des ouvreuses, offraient des consommations. François s'était préparé à une sorte d'épreuve, parce qu'il avait entendu parler de « trous d'air », de « turbulences », et il était tout surpris de ne rien sentir, pas même une vibration. Et même, à y bien regarder, il avait l'impression de se trouver dans un cinéma, au moment de l'entracte. Il était presque déçu. Heureusement, il n'avait qu'à se pencher vers le hublot, sorte d'écran magique où continuaient à défiler de merveilleuses images. La terre était si loin qu'il était impossible de nommer ce que les yeux voyaient. Au fond d'une brume lumineuse passaient des couleurs, du vert pâle, de l'ocre, du bleuâtre. Il n'y avait plus d'horizon. Il n'y avait plus de ciel. Seulement une immensité exaltante.

Le voisin de François dormait. Etait-ce possible ? Plus loin, une vieille dame tricotait. A bord de cet avion, François était peut-être le seul qui eût conscience de voler ! Il aurait voulu leur dire à tous : « Cessez donc de penser à vos petites affaires. Ouvrez les yeux. Il nous arrive quelque chose d'extraordinaire ! » Mais, à son insu, il s'habituait déjà. Il cherchait dans son fauteuil la position la plus commode, réglait l'inclinaison du dossier. Il commençait à comprendre qu'un avion est une machine à rêver, précisément parce qu'on n'est nulle part, qu'on a tout son temps, et que le flou de l'espace envahit peu à peu la pensée.

François s'abandonna. Il revit l'immense hall d'Orly. Sa mère lui répétait : « Envoie-nous un mot... On ne te demande pas une lettre... Juste une carte pour nous dire si tu as fait un bon voyage... » Son père lui parlait encore une fois de Jonathan Skinner : « ... un homme très curieux et sûrement un ingénieur d'un rare mérite. Mais il vit dans un autre monde. Sorti de ses inventions, il n'a pas plus de jugeote qu'un enfant. Il faut dire qu'il a eu bien des malheurs. Il a perdu sa femme, et il fait un métier difficile. Ce qui ne l'empêche pas d'être charmant. Il te plaira. Et, de plus, il a l'accent d'Oxford ! Alors, ouvre bien tes oreilles ! »

François aimait cette façon de travailler : ni devoirs, ni leçons. On échange son anglais livresque contre un anglais vivant simplement par le contact, en disant les choses les plus simples de la vie quotidienne. Et Bob, le fils de M. Skinner, avait-il l'accent d'Oxford ? Quand il était venu, l'année précédente, passer un mois chez les Robion, il était tellement intimidé qu'il n'avait guère parlé. Comme il avait reçu la consigne de toujours s'exprimer en français, et qu'il n'était pas très sûr de ses connaissances, il s'était borné à dire : « Oui.. Non... Merci... S'il vous plaît... Sans doute », et à rougir excessivement en toute occasion. C'était un gros garçon peu doué pour le sport, d'une gourmandise qui avait fait la joie de la famille ; peut-être pas très intelligent, mais si gentil, si sensible, qu'il avait tout de suite été considéré comme l'enfant de la maison. François, naturellement, lui avait enseigné en cachette, l'argot que tout collégien doit connaître, et Bob, à la fin de son séjour, savait dire, d'ailleurs avec discernement : « Vachement bon... Drôlement au poil... Impec..., etc. », avec le réjouissant accent de Laurel et Hardy.

Un coup d'œil au hublot. La Manche. Déjà ! La côte française se dessinait, toute bleue, le long de la mer grise, et François admirait que les atlas fussent aussi exacts. Il aurait pu nommer le port qui brillait, là-bas, avec les verrières de ses usines, les dômes de ses réservoirs de pétrole, les rails de ses gares de triage. Mais une couche de nuages s'interposa bientôt entre l'avion et la terre. Le spectacle était fascinant. A perte de vue s'étendait la plaine de vapeurs ; c'était une sorte de Beauce molle, à la surface irrégulière comme un labour, et d'une blancheur éclatante. Çà et là s'ouvraient des crevasses ; d'autres nuages apparaissaient plus bas, reliés entre eux par des effilochements de fumée. Puis ce fut le brouillard. La Caravelle amorçait de loin sa descente et François fut repris par ses pensées.

Certes, il était content d'aller à Londres, mais, passées les premières surprises et les premières joies, est-ce qu'il n'allait pas s'ennuyer ? M. Skinner était veuf et il travaillait toute la journée dans son atelier. Un mois en compagnie de Bob et de la gouvernante, la vieille Mrs. Humphrey, ce serait long ! Les monuments, bien sûr..., les musées..., mais il avait déjà étudié les guides et il estimait en savoir assez. Si seulement les Skinner avaient habité en Ecosse ! Il aurait tellement préféré courir les landes et traquer la truite ! Et puis, à la campagne, il arrive toujours quelque chose d'imprévu, et François, depuis ses aventures précédentes (1), souhaitait d'avoir quelque redoutable mystère à résoudre. Mais le mystère, le vrai, n'existe que dans les livres, hélas ! Resteraient, heureusement, les automates de M. Skinner !

François avait appris de son père que l'ingénieur avait découvert un procédé permettant à des machines d'obéir à la voix. Plus exactement, il avait perfectionné à l'extrême un procédé déjà connu, et avait construit des modèles miniaturisés à partir desquels il avait l'intention de créer des jouets « intelligents » promis à un immense succès. Mais M. Robion n'en savait

---

(1) Voir *Sans-Atout et le cheval fantôme* et *Sans-Atout contre l'homme à la dague*.

pas plus. Il pensait que M. Skinner aurait du mal à commercialiser son invention qui nécessiterait de gros investissements. François essaierait de se faire expliquer le mécanisme de ces jouets. Il était extrêmement adroit et avait déjà construit des modèles réduits qui avaient été remarqués. Avec un peu de chance, il pourrait peut-être apporter à l'ingénieur une aide non négligeable.

Doucement ! Ce n'était pas le moment de laisser courir son imagination, mais de reboucler sa ceinture, car une voix de femme annonçait l'arrivée à Heathrow, tandis que s'allumait une inscription invitant les voyageurs à cesser de fumer. La Caravelle sortit des nuages et la pluie ruissela sur le hublot. François devina, tout près, et défilant à toute vitesse, des champs, des villages, une campagne identique à la Normandie. L'Angleterre !

« Eh bien, oui, quoi, pensa François. C'est l'Angleterre ! Qu'est-ce que j'attendais ? » L'avion rasait la piste. Il y eut une légère secousse quand il toucha terre. Voilà ! C'était déjà fini. Ce voyage dont François s'était fait une telle joie s'achevait dans la banalité.

L'appareil roulait lourdement comme un vulgaire autobus sur un ciment inégal, et venait se ranger au bout d'une sorte de passerelle couverte. On avait l'impression, quand on sortait de l'avion, de pénétrer dans un couloir du métro. En somme, c'était Paris qui continuait, avec une différence, cependant. La foule qui encombrait l'aérogare était plus silencieuse, plus disciplinée qu'à Orly. Elle paraissait moins pressée. Elle était peut-être encore plus bigarrée, car il y avait ici des gens de toutes races : mais elle s'écoulait paisiblement par les escalators, sous la surveillance nonchalante d'employés dont les uniformes portaient des galons d'officiers de marine.

François, muni de son passeport, accomplit les formalités d'usage. Il tendait l'oreille, essayant de surprendre des conversations pour vérifier son anglais. Il avait beaucoup pratiqué la méthode « Assimil » et possédait assez bien la langue, mais pas au point de comprendre au vol les phrases qu'il entendait autour de lui, et cela l'inquiétait un peu. Il redoutait le jugement de M. Skinner. Mais il oublia ses craintes, quand il aperçut la silhouette dodue de Bob. Pendant un instant, ce fut une complète confusion, les Skinner parlant en français et François en anglais, dans le brouhaha de la sortie des voyageurs. Enfin, ils prirent le temps de se regarder et ils éclatèrent de rire tous les trois.

— Puisque vous êtes venu pour vous perfectionner en anglais, dit M. Skinner, convenons de n'utiliser le français que dans les grandes occasions. Soyez donc le bienvenu à Londres.

Agé de quarante ans à peine, il était mince, vif, tout le contraire de son fils. De fines pattes d'oie au coin des yeux donnaient à son visage un aspect souriant. Déjà, il avait saisi la valise de François et appelait un taxi.

— Quand il peut faire autrement, mon père évite de se servir de la voiture, expliqua Bob.

Le taxi s'approcha, un de ces étranges taxis londoniens aux formes étriquées, où les bagages se logent auprès du conducteur. M. Skinner s'assit entre Bob et François et allongea familièrement ses bras derrière leurs épaules. Il demanda des nouvelles de M. et Mme Robion, voulut savoir si le voyage de François avait été agréable. Il parlait avec lenteur, pour mettre

François à l'aise, mais sans rien d'affecté. Il avait une voix enjouée qui forçait immédiatement la sympathie. Bref, la glace était rompue et François se sentait plein d'optimisme.

— Nous habitons la banlieue nord-ouest, dit M. Skinner. L'endroit se nomme Hastlecombe. A vol d'oiseau, ce n'est pas très loin, mais nous allons faire un crochet pour vous montrer un peu la ville.

— Avec plaisir, dit François. J'ai déjà lu beaucoup de choses sur Londres...

— Il a toujours tout lu, intervint Bob. Sans-Atout est incollable...

— Sans-Atout ? demanda M. Skinner. Qu'est-ce que cela signifie ?

— Oh ! répondit François, c'est un surnom qu'on m'a donné. En classe, j'avais un professeur qui répétait toujours que, dans la vie, il faut avoir de l'ordre et que l'ordre est le meilleur atout. Et comme je n'ai pas d'ordre...

— On vous a surnommé : Sans-Atout, acheva M. Skinner. C'est très drôle.

— Oui, mais il y a aussi une autre raison ! s'écria Bob. Je la dis ?

— Non, protesta François, non... D'abord, ce n'est pas vrai !

— François, poursuivit Bob, est quelqu'un de remarquable. Il sait tout. Tu comprends ; c'est comme s'il possédait toujours les meilleures cartes, et s'il jouait, à tout coup, sans atout. Il est toujours le premier, quoi. Tu ne diras pas le contraire !

Il était tout fier, Bob !

— Ne l'écoutez pas, fit François, gêné. Il m'arrive d'avoir de la chance.

— Je suis bien content que vous soyez l'ami de Bob, dit M. Skinner. Tâchez de lui apprendre à se servir de ce qu'il sait. Car, malheureusement... Nous longeons Hyde Park... Le Parlement est à droite, au bord de la Tamise. Bob vous le montrera un autre jour. Nous allons faire le tour de Piccadilly Circus... Ensuite, nous passerons par Trafalgar Square...

Mais une question brûlait la langue de François.

— Je ne voudrais pas être indiscret, commença-t-il. J'ai su, par Bob..., à propos de vos automates...

— Ah ! fit M. Skinner, en souriant. Mes automates ! Cela vous intéresse donc ?

— Enormément !

— Je vous montrerai ma collection, tout à l'heure.

— Ils marchent sans doute selon le principe de la télé-commande ?

— Bien sûr. Mais j'ai mis au point un procédé... Ah, ce n'est pas facile à expliquer comme ça, en quelques mots. Si vous voulez c'est la voix qui sert de signal...

Bob pianota sur le genou de François.

— Piccadilly Circus, annonça-t-il.

François jeta un rapide regard, vit une place grouillante, des files de voitures arrêtées, un spectacle qui lui rappelait la place de l'Opéra. C'était beaucoup moins passionnant que les automates de M. Skinner.

— J'ai lu quelque part, dit-il, qu'un système de ce genre faisait fonctionner les serrures des coffres-forts.

— Bob a raison, reprit M. Skinner, vous avez tout lu. Eh bien, mon procédé ressemble un peu à celui-là... en plus simple et surtout en beaucoup plus réduit. Le mécanisme tiendrait dans une boîte d'allumettes. Je parle, naturellement, du mécanisme qui sert de cerveau. A quoi il faut ajouter les organes de transmission, bien entendu. Mais je n'ai pas voulu créer simplement des automates...

Ses mains abandonnaient les épaules des deux garçons. Il prit et alluma nerveusement une cigarette. Depuis qu'il parlait de son invention, un tic lui agitait le coin de la bouche, une sorte de tremblement rapide qui trahissait une grande tension intérieure.

— Et voici Trafalgar Square, dit Bob, pour faire diversion.

François aperçut la célèbre colonne Nelson. Des hippies étaient assis autour du bassin. L'un d'eux jouait de la guitare ; la pluie avait cessé et un soleil anémique couchait sur le sol des ombres pâles. Un policeman, les pouces dans son ceinturon, regardait distraitement la foule.

François, séduit, se promit de revenir, mais le taxi s'engageait déjà dans une large avenue.

— Charing Cross, annonça Bob.

— J'ai voulu construire des modèles éducatifs, reprit l'ingénieur. Aujourd'hui, personne ne sait plus l'anglais, en Angleterre. On parle n'importe comment. On entend l'accent cockney jusque dans la Chambre des Communes. Alors, imaginez des automates qui ne réagissent que si les ordres qu'on leur donne sont prononcés d'une façon parfaite... Vous voyez ? C'est le moyen idéal pour apprendre correctement une langue tout en s'amusant.

— Et si je comprends bien, dit François, prompt à l'enthousiasme, vous pouvez programmer vos automates à partir de n'importe quelle langue ?

— Exactement.

— Mais les ordres que vous leur donnez sont en nombre limité, forcément.

— Détrompez-vous. Au début, oui, la liste des commandements était réduite. C'est cette difficulté qui m'a arrêté longtemps.

M. Skinner alluma une seconde cigarette. Ses yeux très bleus brillaient d'excitation. Il prit son fils par le cou et lui serra affectueusement la nuque.

— Tu vois, Bob. Ton ami a tout de suite saisi l'intérêt de ces recherches qui t'ennuient.

— Elles ne m'ennuient pas, protesta Bob. Mais tu n'es jamais là. Et quand tu es là, tu n'entends même pas ce qu'on te dit. Demande à Mrs. Humphrey.

M. Skinner se tourna vers François.

— Notre grande querelle ! dit-il d'un ton enjoué. Mrs. Humphrey est notre gouvernante. Et je dois avouer qu'elle n'aime pas beaucoup mes marionnettes... Je crois qu'elles lui font peur. Mais, pour en revenir à votre objection, oui, j'ai cherché longtemps... Et j'ai fini par trouver. D'abord, j'ai réussi à augmenter notablement la « mémoire » magnétique de mes appareils ; et ensuite, et surtout, j'ai sensiblement allongé les phrases qui servent de signal. Par exemple, au lieu de dire : « Venez ici », on doit dire, maintenant : « Est-ce que monsieur Tom voudrait me faire le plaisir d'avancer jusqu'ici ? »

— Ah, je vois ! s'écria François. Vous obligez le demandeur à parler plus longtemps, ce qui l'oblige à corriger davantage ses fautes de prononciation. Votre automate n'est que...

Il chercha en vain le mot en anglais et termina en français :

« ... n'est qu'un faire valoir. »

— Parfaitement, fit l'ingénieur, ravi. M. Tom, qui est ma marionnette la plus perfectionnée est capable de soutenir une conversation très simple, comme vous devez le penser, mais le résultat est surprenant.

— Ah ! Parce qu'il possède aussi la parole ?

— Pourquoi pas. Ce n'est pas cela le plus difficile. J'ai enregistré la voix de Bob.

Boudeur, Bob haussa les épaules.

— Ce n'est pas ma voix, grogna-t-il. Ça nasille, comme un vieux phono.

— Allons, mon garçon, dit M. Skinner, sois « fair play »... Savez-vous, mon cher François... Bob est un peu jaloux de M. Tom. Et c'est vrai que je m'occupe souvent plus de M. Tom que de ce pauvre Bob... Mais tout va rentrer dans l'ordre, maintenant que je touche au but.

Il donna une petite tape sur le genou de son fils.

— Promis ! Et maintenant, à la maison !

Il fit coulisser la vitre de séparation et murmura quelques mots à l'oreille du conducteur, puis, s'adressant à François :

— Ce n'est pas votre Neuilly, mais c'est quand même très agréable. Peut-être un peu à l'écart. Bob préférerait qu'on habite moins loin du centre, mais j'ai besoin de tranquillité pour mon travail... Pourtant, n'allez pas croire que nous vivons comme des ermites. N'est-ce pas, Bob ? Déjà, ce soir, si vous n'êtes pas fatigué, nous irons entendre un concert au Festival Hall. Bob m'a dit que vous aimez beaucoup la musique, et Karajan sera au pupitre. Les jours suivants, malheureusement, je ne serai pas souvent des vôtres. Vous m'excuserez... J'ai des rendez-vous très importants.

Les rues se succédaient, monotones, avec leurs

maisons toutes pareilles, derrière d'identiques jardinets. Puis il y eut, de loin en loin, des demeures plus importantes, entourées de verdures. Le taxi vira dans un chemin privé, et François découvrit une belle propriété qui se montrait à demi, au bout d'une allée de marronniers.

— Nous y sommes, dit M. Skinner.

François et Bob descendirent.

— C'est magnifique, dit François. Vous avez la chance d'entendre les oiseaux. Et comme c'est encore vert !

Mais déjà une personne assez âgée, tout de noir vêtue, venait au-devant d'eux.

— Voici mon ami François... Mrs. Humphrey ! s'écria Bob.

Mrs. Humphrey fit un petit salut plein de réserve et prit la valise des mains de M. Skinner.

— Eh bien, dit celui-ci, choisissez : ou bien nous passons à table dans un quart d'heure, car je vois que Mrs. Humphrey s'inquiète déjà pour son rôti, ou bien nous allons rendre tout de suite une courte visite à mes marionnettes...

— Très courte, s'il vous plaît, supplia la gouvernante.

— Vous voyez, plaisanta l'ingénieur, Mrs. Humphrey a deviné du premier coup d'œil que vous alliez choisir les automates. Allons-y !

Ils traversèrent un vaste vestibule orné de neubles anciens et prirent un corridor qui les amena dans une pièce à la destination incertaine. C'était un bureau, à en juger par la bibliothèque et l'immense table encombrée de livres, de papiers, de classeurs, mais c'était aussi une sorte d'atelier, puisqu'il y avait, près des deux fenêtres donnant sur le jardin, un établi suppor-

tant une foule d'outils minuscules, semblables à ceux des horlogers. Et, dans une vitrine, s'alignaient les fameuses marionnettes.

— Voici monsieur Tom, dit l'ingénieur.

Il présenta à François un petit garçon, habillé en écolier et mesurant une cinquantaine de centimètres de hauteur ; le visage de l'automate rappelait celui d'une poupée, par sa matière brillante, mais il avait été traité d'une manière beaucoup moins conventionnelle. Les yeux, un peu trop fixes, avaient un regard doué d'une inquiétante perspicacité, comme si un adulte plein de ruse avait réussi à se cacher sous ce masque puéril. Les cheveux étaient longs et emmêlés, et faisaient très « étudiant ». La bouche, légèrement entrouverte, laissait voir de vraies dents. La main gauche était enfoncée dans la poche du pantalon ; la droite tenait négligemment des lunettes aux épaisses montures d'écaille, de véritables lunettes d'intellectuel. M. Skinner, d'un revers de bras, débarrassa un coin de la table sur lequel il mit debout l'étrange mannequin. Il se recula de quelques pas.

— N'est-ce pas qu'il est réussi ? demanda-t-il. Et encore ce n'est rien. Vous allez voir.

Il s'adressa à l'automate, d'un ton presque respectueux.

— Monsieur Tom ?... Avez-vous passé une bonne nuit ?... Vous sentez-vous capable de travailler avec moi ?

— Très volontiers, répondit la figurine.

Et François sursauta, en entendant cette voix qui ressemblait à celle de Bob, mais qui paraissait venir de loin, comme une voix perçue au téléphone. D'un geste lent, l'automate porta les lunettes à ses yeux.

— Extraordinaire ! murmura François, enthousiasmé.

— Ce sera tout, monsieur Tom, dit l'ingénieur. C'est la phrase-clef, expliqua-t-il à François. Elle ramène le mécanisme à zéro.

Pendant qu'il parlait, l'automate abaissa ses lunettes et reprit sa position d'attente.

— Essayez vous-même, François. Appliquez-vous à bien articuler.

— Monsieur Tom, dit François, avez-vous passé une bonne nuit ? Vous sentez-vous capable de travailler avec moi ?

L'automate ne bougea pas. M. Skinner sourit.

— La preuve est faite, mon cher François... Vous prononcez vos voyelles à la française. M. Tom ne vous comprend pas.

Bob tira son père par la manche.

— Papa..., Mrs. Humphrey s'impatiente. Son rôti va être brûlé.

— Ah ! C'est vrai, fit l'ingénieur avec regret. Eh bien, allons déjeuner, puisque telle est la volonté de Mrs. Humphrey.

Il remit l'automate à sa place, dans la vitrine, auprès d'un horse guard en grande tenue et d'un juge solennel sous sa perruque d'un autre âge. Puis, tirant de sa poche un trousseau de clefs, il ouvrit une armoire, dont la porte était doublée d'acier. Il en sortit un épais classeur à couverture rouge, débordant de fiches.

— Cinq années de recherches, dit-il, en le frappant du plat de la main. Cinq années de tâtonnements, d'erreurs et de succès... Je ne pourrais plus recommencer. J'ai passé des moments trop difficiles. Bon. Ne nous laissons pas aller... A table !

Il remit le dossier dans l'armoire, qu'il

referma, regarda l'heure à sa montre, et réprima un mouvement de contrariété.

— Vous m'excuserez, François. Il est plus tard que je ne pensais. Je serai obligé de vous quitter avant la fin du déjeuner à cause d'un rendez-vous que j'allais oublier.

Il poussa les deux garçons devant lui et ils entrèrent dans une salle à manger très simple, mais cossue, avec ses boiseries patinées, ses chaises à haut dossier, son buffet de style. M. Skinner fit asseoir François à sa droite.

— Voyez-vous, mon cher François, ce n'est pas le tout d'inventer... C'est même le plus facile. Ce qui donne vraiment du souci, c'est de négocier l'invention, d'obtenir un résultat avant ses concurrents, car je ne suis pas le seul à travailler sur des automates. J'ai un peu d'avance et je ne dois pas la perdre.

Ce n'était pas là un simple propos de circonstance. Il y avait de l'anxiété dans les paroles de l'ingénieur. François le sentit et s'efforça, par ses questions, d'aiguiller la conversation sur un autre sujet. Mais M. Skinner restait distrait, et Bob n'était pas bavard. Mrs. Humphrey assurait un service discret et efficace. « Au fond, pensa François, ce qui rend un peu lugubre cet excellent repas, c'est l'absence d'une maîtresse de maison. Le pauvre Bob ne doit pas s'amuser tous les jours ! »

M. Skinner n'attendit pas le dessert. Il se leva et tendit la main à François.

— Il faut que je file. Je suis attendu par M. Merrill, mon bailleur de fonds. Mais je rentrerai vers dix-sept heures. Ici, les spectacles commencent beaucoup plus tôt qu'en France... A ce soir.

Il sortit. Mrs. Humphrey apporta une tarte

aux prunes et la découpa en silence. Les deux garçons restèrent en tête à tête, et soudain ils furent comme deux étrangers réunis par le hasard.

— Tiens, si tu veux te servir, murmura Bob. D'habitude, c'est mon père qui découpe. Le rite du gâteau, c'est sacré. Mais je ne sais pas ce qu'il a, depuis quelque temps. Peut-être s'est-il querellé avec Miss Margrave.

— Qui est Miss Margrave ?

— Tu le sais bien. Quoi ! Je ne te l'ai pas dit ?... C'est sa fiancée. Il doit se marier à l'automne... Moi, j'aime autant. Mrs. Humphrey est bien gentille, mais dans le genre rugueux, si tu vois. Elle me donne toujours l'impression que je suis en faute.

Il ajouta, en français :

« Ce n'est pas toujours rigolo ! »

Et il sourit tristement.

Le mystérieux visiteur

L'instant de gêne était passé. Bob avait retrouvé sa bonne humeur. Il conduisit François à sa chambre, au premier étage.

— On aurait dû commencer par là, dit-il. Mais papa est terrible, avec ses marionnettes. Il n'a que ça en tête... Ça te plaît ?

Oui, François aimait beaucoup cette chambre, à la tapisserie gaie, représentant des cavaliers sautant des obstacles, au lit à l'ancienne, avec ses rideaux de velours retenus par des embrasses, et les deux fauteuils de cuir, confortables comme savent l'être les fauteuils anglais. Il ouvrit la fenêtre. Un lierre épais l'encadrait, qui sentait la pluie et le terreau. Mais le soleil avait chassé les nuages et les allées du jardin fumaient légèrement.

— Tu remarqueras..., un jardin de savant, dit Bob. Il n'y a plus que des mauvaises herbes. Autrefois, c'était Mrs. Humphrey qui s'en occupait. Mais, avec ses varices qui souvent l'empêchent de marcher, c'est tout juste, maintenant, si elle peut assurer son service dans la maison.

Il s'accouda auprès de François.

— Quand mon père sera remarié, continua-t-il, j'espère que tout rentrera dans l'ordre... Elle est bien, Miss Margrave, tu verras... Elle vient souvent, bien sûr. Elle habite à Guildford, à une heure d'ici.

Il rêva un instant, chassa une guêpe qui voulait entrer dans la chambre, et baissa la voix :

— J'étais si petit quand j'ai perdu ma mère.. Je l'ai oubliée. Miss Margrave, je sais bien, ce ne sera pas pareil, mais ce sera quand même mieux qu'avant. Et puis nous engagerons un jardinier. Papa a l'intention aussi de faire construire une espèce de laboratoire, au fond du parc, derrière la maison. Oh ! Il a de grands projets, papa. Depuis toujours, je l'entends qui tire des plans. Il n'est pas comme les autres. Il vit en avant... Tu veux voir les autres pièces ? Je te préviens, elles sont à moitié vides. Papa a été obligé de vendre beaucoup de choses, parce que ses recherches coûtent très cher.

Il entraîna François et, montrant le couloir, ajouta :

— Ici, c'est la chambre de papa. Ensuite, c'est la mienne, puis la chambre de Mrs. Humphrey, et en face, une seconde chambre d'amis. Sans intérêt. A l'étage au-dessus, il n'y a plus rien... Mais tu vas voir, le salon est amusant.

Ils descendirent et Bob ouvrit une porte :

— Voilà le musée !

François ne sut tout d'abord où porter ses regards. Il fit quelques pas avec précaution, car il marchait sur un très beau tapis persan. Autour de lui, il y avait des laques, des jades, des ivoires, toutes sortes de bibelots ouvragés, ciselés, incrustés.

— Mon grand-père était consul, expliqua Bob. Il a été en poste un peu partout et il a rapporté un tas de trucs... Tiens, là, c'est une table de fumeur d'opium, avec les pots et les aiguilles... Ça, c'est un paravent chinois... Et ça, un moulin à prières qui vient de Bombay... Là-bas, c'est le coin des armes. Il y a même un boomerang... Et ce sabre de samouraï, qu'est-ce que tu en dis ?

Avec souplesse, Bob se glissait entre les tables basses, encombrées des objets les plus variés, et montrait tour à tour un échiquier aux pièces sculptées, une défense d'éléphant, un coffret contenant des bagues anciennes...

— La pauvre Mrs. Humphrey ! Quand il faut qu'elle fasse le ménage ! Tu te rends compte ! Mais tu sais ce que je préfère ?... Ça !

Il prit, sur une console, une boîte plate et l'ouvrit. Elle contenait deux pistolets aux longs canons, soigneusement astiqués.

— Des pistolets de duel, dit-il. Oh ! Ils ne sont pas neufs. C'est moi qui les fais briller. Soupèse-les... On est toujours surpris de leur légèreté.

François souleva l'un des pistolets et, par jeu, visa un masque africain.

— Tu parles d'un calibre, commenta Bob. Et ils pourraient servir, si on voulait. Il y a des balles dans la boîte... Regarde comment je m'y prends.

Adroitement, il chargea l'une des armes. Mais un bruit de pas, dans la salle à manger, l'alerta.

— C'est Mrs. Humphrey, chuchota-t-il. Elle n'aime pas beaucoup me trouver ici.

Il coucha les pistolets dans la boîte, la remit rapidement en place et revint au centre du salon. Quand la gouvernante entra, il disait innocemment à son ami.

— Personne ne vient jamais ici. Papa ne reçoit pas de visites... N'est-ce pas, Mrs. Humphrey ?

La gouvernante jeta un regard inquisiteur.

— C'est l'heure de vos gouttes, dit-elle. J'ai tout préparé.

— Bon. On y va.

— Tu est malade ? demanda François, tandis que la vieille femme s'éloignait.

— Mais non. Seulement le docteur s'est mis dans la tête de me faire maigrir.

Ils allèrent dans la cuisine où un verre plein d'un liquide rosâtre attendait Bob. Celui-ci ouvrit le buffet et s'empara d'un gros morceau de tarte.

— C'est pour ne pas sentir le goût, dit-il en riant.

Il vida son verre d'un trait et mordit dans le gâteau.

— Ce que ça peut être mauvais !... Viens voir le garage.

Une partie du garage avait été convertie en atelier. Sur une table tachée de peinture, une carcasse métallique montrait des rouages compliqués, près d'un matériel de soudure.

— Et la voiture ? demanda François.

— La plupart du temps, elle couche dehors, faute de place. Bientôt, les automates envahiront la maison et l'on sera obligé d'aller à l'hôtel !... Pourtant, je l'aime bien, notre petite Morris. J'ai appris à conduire. C'est Miss Margrave qui m'a montré. Dès que j'aurai l'âge, je passerai le permis... Et toi ? Tu sais conduire ?

— Non, avoua François.

— Alors, je te donnerai des leçons... Ecoute !

Un pas écrasait le gravier de l'allée. Bob et François sortirent. Ils virent un homme qui se dirigeait vers le perron. Il portait une gabardine serrée à la taille. Sa barbe blonde abondante et sa moustache tombante dissimulaient le bas de son visage. Un chapeau au bord rabattu cachait ses yeux. Bob alla au-devant de lui.

— Monsieur Skinner est-il là ? demanda l'inconnu.

— Non. Mon père ne rentrera que ce soir.

— Ah ! Comme c'est ennuyeux !

L'homme enleva son chapeau et passa sa main, doigts écartés, dans ses longs cheveux aux reflets roux. Il regardait la maison d'un air hésitant.

— Vous pourriez lui téléphoner, suggéra Bob.

— Oh non ! Ce que j'ai à lui dire est trop confidentiel.

— Dans ce cas, je regrette...

Mais l'homme ne semblait pas désireux de rebrousser chemin. Il regardait Bob avec méfiance. Puis il considéra François avec attention, comme s'il soupçonnait les deux garçons de mentir.

— Et si je lui laissais un mot ? proposa-t-il. Mais je n'ai pas de quoi écrire. Peut-être pourriez-vous me donner une feuille de papier et un crayon ?

Il parlait avec un accent un peu rauque. Bob, des yeux, interrogea François. Celui-ci haussa imperceptiblement les épaules, en signe d'impuissance.

— Eh bien, entrez, dit Bob à regret.

Pas question de conduire ce personnage bizarre au salon. Encore moins au bureau. Bob ouvrit la porte de la salle à manger.

— Reste avec lui, souffla-t-il à François.

L'homme s'assit et pianota sur le bord de la table, d'un air pensif. François remarqua alors les taches de rousseur qui lui marquaient les pommettes. Il avait des sourcils soyeux, peu fournis, et des cils presque blancs. Avec ses yeux trop clairs, il faisait penser à un Scandinave. Bob revint et posa devant le visiteur un bloc et un porte-mine, puis les deux garçons se retirèrent dans un coin de la pièce, par discrétion. Mais ils ne perdaient pas de vue l'inconnu qui, le front plissé, ressemblait à un candidat en train de sécher sur sa copie. Enfin, il écrivit quelques mots, ratura, recommença. Visiblement, il aurait préféré être seul. Mécontent, il arracha la feuille du bloc, la froissa, la mit dans sa poche.

— Je reviendrai demain, dit-il en se levant.

Bob s'avança vers lui :

— Si vous voulez me donner votre nom ?

— Ce n'est pas la peine. Monsieur Skinner

ne me connaît pas. Je repasserai. J'aurai peut-être plus de chance.

Il s'arrêta sur le seuil de la salle à manger et jeta un coup d'œil dans le bureau dont Bob avait oublié de refermer la porte. Puis il remit son chapeau et sortit, accompagné par Bob.

— Drôle de bonhomme, dit celui-ci, un instant plus tard. Il a un curieux accent. Une fois, j'ai entendu un fermier irlandais qui avait à peu près le même. Et tu as vu comme il regardait partout ! Encore un inventeur, sans doute. Ils sont tous dingues.

— Oh ! Bob ! Pas ton père !

— Bien sûr que si, mon père aussi ! Il est formidable. Il a peut-être du génie. Mais il marche un peu « à côté de ses pompes ».

Ils éclatèrent de rire.

— C'est mon professeur de math qui dit ça, reprit Bob. Et toi aussi, tu marcheras à côté de tes souliers. Au fond, tu es déjà un type comme papa... Allez, viens voir monsieur Tom.

Ils revinrent dans le bureau et Bob sortit de la vitrine la marionnette.

— Tu as la permission ? demanda François.

— On ne fait rien de mal... N'est-ce pas, monsieur Tom ?... Avez-vous passé une bonne nuit ?... Ce qu'il peut m'agacer, avec ses airs de se moquer du monde !

Bob se laissa tomber dans l'unique fauteuil et poussa un profond soupir.

— Quand tu penses que ce machin vaut des millions ! Moi, je te répète ce que dit papa. Il paraît que nous allons devenir riches. Tu comprends ! Miss Margrave a une grosse fortune, et papa a son amour-propre. Il ne veut rien devoir à personne. Mais qui est-ce qui irait dépenser des millions pour faire la causette avec M. Tom, hein ?... Si tu entendais tous ces projets ! Un jour, on construit une usine. Un autre jour, on traite avec les Américains... Est-ce que tu vis, toi aussi, dans une autre planète ?

— J'aimerais bien, dit François.

— Moi pas. Je tiens sans doute de ma mère. J'aime ce qui est solide, ce qui est sûr. Il y a des jours où ces marionnettes me rendent malade.

Il sauta sur ses pieds.

— J'entends la Morris.

Précipitamment, il enferma M. Tom dans la vitrine. Puis il entraîna François au-devant de l'ingénieur.

— Papa, tu as eu une visite.

Il décrivit l'homme. M. Skinner écarta les bras.

— Je ne vois pas, dit-il. Mais puisqu'il doit revenir, ne nous cassons pas la tête... Mrs. Humphrey ? Où êtes-vous ? Nous allons prendre le thé tout de suite.

Il saisit familièrement le bras de François.

— Mon cher garçon, je ne sais pas ce que vous avez l'intention de faire plus tard, mais je ne vous conseille pas de choisir une carrière comme la mienne. Les gens ne comprennent rien. Il faut se battre sans arrêt... Une tasse de thé sera la bienvenue... Bob, va aider Mrs. Humphrey.

Il accrocha son imperméable au portemanteau du vestibule, puis s'effaça devant François.

— Après vous, monsieur Sans-Atout... Vous savez, votre surnom m'amuse beaucoup... J'y pensais, en revenant. Il pourrait très bien s'appliquer à moi aussi. Je possède d'excellentes cartes et je m'efforce d'en tirer le meilleur parti. Asseyez-vous.

Mrs. Humphrey servit le thé.

— Bob, tu vas laisser un peu de tarte pour les autres, oui ?

François s'était imaginé qu'il allait tomber dans une famille anglaise traditionnelle, un peu gourmée, un peu ennuyeuse. Les Skinner le prenaient vraiment au dépourvu. Mais il se sentait parfaitement à l'aise et aussi bien accordé avec Bob qu'avec son père. Il observait les mains de son hôte, des mains maigres aux doigts très longs, très minces, et sans cesse en mouvement. Elles étaient habitées par un esprit mobile, inquiet, tandis que les grosses pattes de Bob révélaient une nature sans détour.

« Tel père, tel fils ! Quelle erreur ! songeait-il. Mais Bob fait peut-être exprès de ne pas ressembler à son père. Il y a entre eux un conflit caché. »

Le téléphone sonna dans le bureau, et l'ingénieur s'excusa. Il laissa la porte ouverte et l'on entendit sa voix, dans la pièce voisine.

— Je suis bien tranquille, murmura Bob. Il va encore nous laisser tomber. Quand on veut sortir, il y a toujours quelqu'un qui a besoin de le voir.

— Allo... Parlez plus fort, que diable !... Ah ! C'est vous, Merrill ; je ne reconnaissais pas votre voix... Quoi ?... Que je retourne vous voir ?... Maintenant ?... Ça ne peut pas attendre ?... Comment ?... Je vous l'ai dit tout à l'heure : je dois emmener les enfants au concert... Ah ! Je vous entends très mal...

— Qu'est-ce que je disais, fit Bob, placidement.

Il attrapa le dernier morceau de tarte et lécha les gouttes sucrées qui lui poissaient les doigts.

— ... Et vous ne pouvez pas me dire ça par

téléphone ?... Bon... Eh bien, dans une heure. Non, je ne peux pas arriver avant... Je viens à peine de rentrer... Merci.

Quand M. Skinner reparut, il semblait las et maussade.

— Je me demande bien ce qu'il peut me vouloir... Je suis désolé, mon cher François. Je manque à tous mes devoirs. M. Merrill, je vous l'ai dit, est mon bailleur de fonds. Vous le rencontrerez sûrement... Un homme très agréable, mais, comme il tient les cordons de la bourse, il a tendance à croire que tout le monde est à ses ordres... J'aurais d'ailleurs tort de me plaindre, car il m'a fait un contrat magnifique. Seulement, les contrats, c'est comme les menottes. Vous êtes attaché. Vous avez perdu votre liberté... M. Merrill veut me revoir, donc je dois repasser le voir, toute affaire cessante... Eh bien, j'irai tout à l'heure... Buvons notre thé sans nous presser.

— On ne va plus au concert ? demanda Bob, avec une feinte indifférence.

— Oh, mais si ! Je vous y conduirai en voiture. Je ne pourrai pas rester avec vous, mais vous êtes assez grands pour rentrer tout seuls. Vous prendrez un taxi.

M. Skinner avala une deuxième tasse de thé.

— Surveillez l'heure, dit-il, et quand le moment sera venu, venez me sortir de mon bureau, manu militari.

Il s'en alla précipitamment.

— M. Merrill, dit Bob, hargneusement. Toujours M. Merrill !

— C'est un banquier ? demanda François.

— Pas du tout. Il fabrique des frigidaires. Mais attention ! A la chaîne... Dans une usine grande comme une gare. Il s'est entiché de ces automates, et il va en commencer la fabrication en série. J'ai vu les dépliants : *L'Audio-Visuel par la joie !* Tu parles ! Moi, ça ne me fait pas rigoler !... Mrs. Humphrey, s'il vous plaît... Il n'y a plus rien à manger ?... Apportez-nous des toasts... Merci !

— Tu devrais être content, non ? dit François.

Bob prit un morceau de sucre et le croqua, tout en réfléchissant.

— C'est vrai. Je devrais être content ; mais quand je vois papa dépenser toutes ses forces à construire des jouets... non, il y a quelque chose qui ne va pas. Je ne sais pas t'expliquer ça, mais je le sens... C'est comme si papa était plus enfant que moi.

Mrs. Humphrey apporta les toasts, soigneusement empilés sur une assiette.

— Sers-toi, dit Bob.

— Tu manges trop, observa François.

Bob haussa les épaules.

— C'est ce que prétend le médecin. Il m'a fait tout un exposé. D'après lui, l'obésité a des causes psychiques. Mais quoi ! Je ne suis pas obèse. Je suis gras. Ce n'est pas pareil !

Il beurra méticuleusement un toast, puis l'enduisit de miel.

— Du miel d'Ecosse ! C'est comme si tu avais la lande dans la bouche.

Le carillon sonna six coups.

— Faudrait peut-être se préparer, dit-il. Je connais papa. Quand il a le nez dans ses dossiers, pour l'arracher de là...

Il chercha le mot français :

« ... C'est duraille ! ».

— Est-ce que je dois me changer ? demanda François.

— Non. Les spectacles, ici, commencent tôt¹ pour que n'importe qui puisse y assister, après le travail de la journée. Personne ne se met en frais.

— Ton père te laisse sortir seul, quelquefois ?

— Mais tout le temps. J'ai quinze ans, mon vieux !

Avant de se lever, il donna un dernier coup de langue sur sa cuillère encore gluante de miel. Les deux garçons frappèrent à la porte du bureau.

— Papa !... Ho !...

M. Skinner ouvrit. Comme M. Tom, il tenait ses lunettes à la main et avait les yeux un peu égarés des chercheurs en plein travail. François aperçut le classeur rouge, sur le bureau, et un fouillis de notes éparses. Non sans humour, Bob dit, en prenant un accent distingué :

— Monsieur Tom, avez-vous passé une bonne journée ?... Vous sentez-vous capable de sortir avec nous ?

M. Skinner entra dans le jeu et répondit, en singeant l'automate :

— Très volontiers.

Puis il sourit, attrapa son fils par le cou et le secoua amicalement.

— Est-ce que vous vous moquez de votre père, monsieur Sans-Atout ? Bob ne respecte personne, sous prétexte qu'il faut être dans le vent. Bon ! J'arrive.

Il rangea les papiers dans le classeur dont il noua les attaches, le rangea dans l'armoire et ferma le meuble à clef. Il regarda l'heure à sa montre.

— Ça va. Nous avons le temps. Je vais vous montrer le Strand. Festival Hall est tout près, de l'autre côté de la Tamise... Couvrez-vous. Les soirées de septembre sont souvent très fraîches.

La Morris était dans la rue ; une vieille voiture qui commençait à ferrailler.

— C'est un trait de notre caractère, dit l'ingénieur. Nous aimons ce qui est usagé... aussi bien les voitures que les vêtements.

Les réverbères s'allumaient. On traversait des quartiers paisibles, qui rappelaient Versailles.

— Dès sept heures, expliqua M. Skinner, les Londoniens sont rentrés chez eux. Mais le centre reste animé longtemps... Surtout le Strand, qui est le lieu des spectacles. D'ailleurs, regardez.

La voiture empruntait une large avenue, brillamment illuminée et très animée. Des queues se formaient devant les théâtres et les cinémas.

— On joue en ce moment une pièce d'Agatha Christie, dit Bob. Nous viendrons la voir.

L'auto vira vers la Tamise, dont François sentit le souffle humide. L'espace, soudain, s'ouvrit largement sur la nuit, piquée de mille feux. D'imposants bâtiments s'élevaient au loin, sur la droite.

— Le Parlement, annonça Bob.

Mais on s'engageait sur un vaste pont et un nouveau paysage, d'aspect industriel, s'offrit à François.

— Toute cette partie de la ville, dit M. Skinner, a été détruite par les bombardements. C'est pourquoi Festival Hall est un théâtre neuf, dont l'aspect surprend toujours les visiteurs. Nous y sommes.

Il s'arrêta pour laisser descendre les deux garçons et leur serra la main.

— Bonne soirée. Je rentrerai peut-être tard ; avec Merrill, tout est possible... Ne vous inquiétez pas... Ah ! J'allais oublier de vous donner les billets... Allez ! Dépêchez-vous !

Il y avait beaucoup de monde. François ne pensait plus qu'à son plaisir, qui se transforma en admiration quand il pénétra dans la salle, immense et cependant harmonieuse. Pas de loges. Pas de balcons. Des gradins, comme dans un cinéma. L'ensemble, au premier abord, paraissait un peu austère, mais restait élégant par le choix des couleurs. François et Bob occupèrent deux fauteuils, au bord d'une allée. Ils n'eurent pas le temps de s'asseoir, l'orchestre jouait le *Gode Save the King*, et la foule se leva.

— C'est une coutume, ici, chuchota Bob. Tu ne trouves pas qu'il fait trop chaud ?

François ne l'écoutait plus. Il vibrait d'excitation, et quand le prestigieux chef d'orchestre leva sa baguette pour diriger l'Ouverture d'*Egmont,* il serra ses mains l'une contre l'autre. Il était heureux. Mais pourquoi Bob s'agitait-il ainsi ? Il s'épongeait le front avec son mouchoir, s'essuyait les doigts, croisait et décroisait les jambes.

— Ça ne va pas ? murmura François.

— Je crois que j'ai trop mangé, avoua Bob.

... Les applaudissements éclatèrent, emplirent l'énorme vaisseau. François profita du tumulte pour regarder Bob. Celui-ci était blême. La sueur perlait à son front.

— Ça m'a pris en entrant, dit-il. Mais ça va sans doute passer.

Il essaya de sourire.

— C'est bête ! Pour notre première soirée !

Inquiet, François n'écouta que d'une oreille la *Symphonie pastorale*. Il surveillait Bob du coin de l'œil. Il comprit très vite que le malheureux était à bout de résistance. Aussi, dès la fin du premier mouvement, il se pencha vers lui.

— Veux-tu que nous sortions un moment ?

— Je crois que cela vaudrait mieux, balbutia Bob. Je n'en peux plus.

François, guidant le malade, gagna une des portes. Bob marchait lentement et cherchait sa respiration. Il aspira l'air pur de la nuit avec avidité.

— Mon pauvre vieux, bredouilla-t-il. Je m'en veux, tu sais.

Il étouffa un haut-le-cœur.

— Rentrons, décida François. Ce sera plus prudent, je t'assure. Sans regret.

— Papa va être furieux.

— Mais non... Attends-moi ici. Je vais appeler un taxi.

La station était à deux pas. Il eut quelque peine à se faire comprendre du conducteur, quand il lui donna l'adresse, et pensa : « Voilà Sans-Atout obligé de reparaître et de se débrouiller tant bien que mal ! »

Le trajet dura longtemps. Bob, comprimant son estomac, poussait parfois un gémissement.

— Je m'en souviendrai de la tarte aux prunes, dit-il quand le taxi stoppa. Non. Laisse-moi payer. Je me sens un peu mieux.

Ils traversèrent le jardin en silence. La maison était plongée dans une complète obscurité.

— Mrs. Humphrey est déjà au lit, reprit Bob. Quand nous sortons, elle en profite.

Ils refermèrent la porte et se dirigèrent vers la cuisine. Une voix, venue du premier étage, les arrêta.

— C'est vous, monsieur Bob ?

— Oui. Ne vous dérangez pas. Le spectacle s'est terminé plus tôt que prévu.

François fouilla dans la pharmacie, tandis que Bob emplissait d'eau un verre. Il fit fondre deux comprimés.

— J'ai bien cru que j'allais tourner de l'œil. Ce que ça peut rendre malade ! Heureusement, mon père n'est pas de retour. Sinon, qu'est-ce que j'entendrais ! Tu as été très chic, François.

— Eh bien, au lit, maintenant.

Un quart d'heure plus tard, François éteignit la lumière. Ouf ! Il avait eu peur. Son séjour en Angleterre commençait bien mal ! Ils étaient bizarres, ces Skinner ! Il essaya de se remettre en mémoire cette journée, mais il coula à pic dans le sommeil.

Il lui fallut un long moment pour reprendre ses esprits. Quelqu'un le serrait par le bras. C'était Bob. Et Bob disait quelque chose de complètement absurde :

— Il y a un voleur en bas.

Le classeur rouge

— Quoi ?

— Chut ! Je te dis qu'il y a un voleur.

François se dressa sur un coude.

— Tu es sûr ?

— J'ai entendu du bruit dans le bureau. Je ne pouvais pas dormir.

— C'est ton père.

— Non, justement. Viens voir... N'allume pas, surtout.

Bob traversa la chambre à tâtons et ouvrit avec précaution les volets. François le rejoignit sur la pointe des pieds. La nuit était noire et mouillée. Il se pencha sur l'appui de la fenêtre et vit aussitôt une lueur qui provenait du bureau de l'ingénieur. C'était un reflet intermittent, furtif, qui ne laissait aucun doute. Quelqu'un fouillait et s'éclairait avec une lampe de poche.

— Si c'était mon père, souffla Bob, tu penses bien qu'il allumerait l'électricité.

— Il est quelle heure ? demanda François.

— Neuf heures et demie.

Que faire ? Le téléphone se trouvait dans le bureau, donc hors d'atteinte. Si l'homme était armé, il était dangereux de le démasquer.

— J'y vais, dit Bob.

— Reste tranquille !

— Je ne laisserai pas dépouiller mon père. On veut lui voler son invention.

— Et moi, je ne veux pas qu'on te fasse du mal.

Evidemment, c'étaient les marionnettes qui étaient visées. Cela, François l'avait tout de suite compris. Mais raison de plus pour ne pas agir à la légère. Bob s'éloigna brusquement de la fenêtre. François n'eut que le temps de le ceinturer

— Bouge pas, idiot.

— Lâche-moi. Papa a le droit de compter sur moi !

Bob se dégagea et sortit dans le corridor. François courut derrière lui. La vieille Mrs. Humphrey apparut au même instant ; elle achevait de passer une robe de chambre et semblait affolée.

— Il y a quelqu'un dans le bureau, chuchota-t-elle.

— On le sait, jeta Bob.

— Arrête ! cria François. Arrête !

C'était la seule solution : faire du bruit, le plus de bruit possible, pour alerter le cambrioleur et le mettre en fuite. Il descendit l'escalier derrière Bob, en heurtant chaque marche de tout son poids. Bob arrivait déjà au rez-de-chaussée. Au lieu d'ouvrir la porte du bureau, il poussa celle du salon et alluma le lustre. Il s'empara des pistolets de duel, en tendit un à François. Au même instant, ils entendirent courir dans le bureau. Une fenêtre fut ouverte violemment.

— Vite, dit Bob. Il est dans le jardin. Allume le vestibule.

François tâtonna, tourna le bouton. La porte d'entrée était grande ouverte. La lumière dessina, sur l'allée, un long rectangle jaune.

— Là-bas ! cria Bob.

François aperçut une ombre, qui se confondit avec celle de la grille. Bob leva son bras armé. La détonation fut si violente qu'il recula de deux pas.

— A toi ! hurla-t-il. Tire... Tire...

François, visant au hasard, appuya sur la détente. Il ne se produisit qu'un claquement sec. Le second pistolet n'était pas chargé. Un moteur se mit à ronfler, dans la rue.

— C'est raté, dit Bob. Il file.

Les deux garçons galopèrent jusqu'à la grille entrouverte. La voiture était hors de vue quand ils débouchèrent sur le trottoir.

— Je crois qu'il vaut mieux que tu l'aies manqué, dit François. Tu vois les complications !

— Je ne sais pas ce qui m'a pris, avoua Bob. Je n'ai pas réfléchi.

Ils remontèrent l'allée, après avoir refermé

la grille. Mrs. Humphrey les attendait sur le perron.

— Rentrez vite. Vous allez attraper froid. Vous êtes verts. Mon Dieu ! Un cambriolage ! Ce n'est pas possible...

Bob l'écarta et entra dans le bureau.

— Viens voir !

L'armoire était ouverte. A la serrure, pendait le trousseau de clefs de M. Skinner Le classeur rouge avait disparu.

— Il a emporté le dossier, murmura Bob. C'est sûrement le type qui est venu après déjeuner.

Accablé, il déposa son pistolet sur la table et s'assit. Pour lui, il n'y avait plus rien à faire. Pour François, au contraire, l'enquête commençait, car un détail bizarre retenait toute son attention : le trousseau de clefs. Comment ce trousseau, grâce auquel le voleur avait successivement ouvert la grille, la porte d'entrée et l'armoire, se trouvait-il en sa possession. Il avait bien fallu qu'il le dérobe ; mais quand et comment ? Le plus simple était d'avertir M. Skinner ; donc, de téléphoner chez M. Merrill.

— Bob... Tu dois tout de suite mettre ton père au courant. Il est certainement encore chez M. Merrill.

— Ah ! C'est vrai, dit Bob. Ça va lui faire un drôle de choc.

Il forma le numéro d'une main tremblante.

— Je crois que j'ai un peu de fièvre... Allo.

Du menton, il fit signe à François de prendre l'écouteur.

— Allo ?... Monsieur Merrill ?... Bonsoir, monsieur. Ici, Bob Skinner... Est-ce que je pourrais parler à mon père ?

— Votre père ?... Mais il n'est pas ici !

— Comment ?... Vous l'avez appelé pour lui demander de...

— Moi ?... Pas du tout.

— Voyons ! Il n'a pas pu nous accompagner au concert justement à cause de ce nouveau rendez-vous.

— Je ne comprends pas. M. Skinner est resté avec moi une partie de l'après-midi. Je n'allais pas le rappeler une heure après.

— Alors, où est-il ?

— Je ne sais pas. Mais il ne va sans doute pas tarder à rentrer.

— C'est que...

Bob plaqua l'appareil contre sa poitrine et s'adressa à François :

« Je n'ose pas lui parler du classeur. Il pourrait croire que mon père a été négligent. »

Revenant à son interlocuteur, il dit :

« Oui. Vous avez raison. Je m'excuse de vous avoir dérangé. Bonsoir, monsieur Merrill. »

Lentement, il raccrocha, et, prenant à témoins François et Mrs. Humphrey, il demanda, d'une voix épuisée :

— Qu'est-ce qu'on peut faire ?

— Ce qu'on peut faire ? s'écria impétueusement François. Mais il faut prévenir la police.

— Et si papa n'est pas d'accord, quand il reviendra...

— Mais il ne reviendra pas.

François regretta aussitôt sa répartie, car il vit se décomposer le visage de Bob.

— Soyons bien calmes, reprit-il. Et récapitulons. Cet après-midi, en l'absence de ton père, un homme se présente, qui vient certainement pour repérer les lieux... Bon. Plus tard, quelqu'un téléphone... Rappelle-toi... La communication était mauvaise... « Parlez plus fort, disait ton père. Je ne reconnais pas votre voix » ... Ça signifie quoi ? Que l'individu qui appelait se faisait passer pour M. Merrill. Et pourquoi ?... Pour attirer ton père dans un piège et lui voler ses clefs. Il n'y a pas d'autre explication.

— Tu veux dire ?

— Dame ! Réfléchis ! L'occasion était magnifique. Le type en question savait, je ne sais pas comment, que nous étions au concert. Ton père étant retenu quelque part, peut-être par des complices, il n'y avait plus à la maison que Mrs. Humphrey. Grâce aux clefs volées, il devenait facile de se servir... Ce qui n'était pas prévu, c'est que nous reviendrions si tôt.

Les faits s'ordonnaient logiquement et dictaient la conduite à suivre. Bob reprit le téléphone et forma le numéro de la police, qui était marqué au centre du disque, sur une pastille blanche : Emergency 9.9.9.

— Allo ? C'est au sujet de... Ah bon ! Monsieur Skinner, à Hastlecombe. Oui, c'est au sujet d'un cambriolage... Des papiers très importants ont été volés... Non, je suis son fils... Mon père a disparu... Pardon ?... Pas du tout. S'il n'est pas rentré, c'est probablement qu'il a été attaqué... Je vous en prie... Oui, j'ai compris... l'inspecteur Morrisson... Merci.

Il reposa le combiné sur sa fourche et, se tournant vers Mrs. Humphrey :

— La police va arriver, Mrs. Humphrey. Il faut aller vous reposer.

— Vraiment ? Vous n'avez besoin de rien ? Une tisane ? Un grog ?... Je ne peux pas vous laisser dans l'état où vous êtes.

— Mais si. Ça ira, je vous assure.

— J'espère qu'ils comprendront qu'un cambriolage, ici, ce n'est pas très convenable.

Elle sortit dignement.

— Elle est dévouée, murmura Bob, mais elle est d'un autre âge... Je pense à mon père. Qu'est-ce que tu crois, au juste ?... On lui a sauté dessus ? On l'a frappé ?

François avait si bien pris la situation en main que Bob était prêt à accepter les yeux fermés toutes les hypothèses qu'il pourrait désormais proposer. François s'efforça de le rassurer.

— Il a suffi, à mon avis, de le menacer. On l'a forcé à vider ses poches.

— Mais après... Il aurait eu le temps de donner signe de vie.

— Tu penses bien qu'on l'en a empêché... On l'a peut-être enfermé quelque part... Ce que je m'explique mal, c'est comment on a pu l'obliger à sortir de sa voiture.

— Ça, c'est facile, au contraire, dit Bob. La rue où habite M. Merrill est barrée, pour le moment. Il y a une énorme tranchée où l'on place des tuyaux, des câbles. Il faut donc garer sa voiture assez loin et faire le reste du trajet à pied. De plus, les réverbères de la rue sont éteints pendant la durée des travaux.

— Eh bien, voilà l'explication. C'est là qu'on a guetté ton père. Et je ne serais pas surpris si on le retrouvait, au fond de la tranchée, bien ficelé...

L'image fit rire Bob, qui n'était pas un garçon capable de se complaire dans l'angoisse.

— Je vais avaler un cachet, dit-il. J'ai un sacré mal au crâne. Tu pourrais te débarrasser de ton pistolet. Tu as tout du justicier !

François s'aperçut alors qu'il avait gardé l'arme à la main, et il la posa sur le bureau.

— Celui qui a monté le coup, observa-t-il,

était bien renseigné. Il faut que ce soit un familier. Autrement, comment aurait-il su que nous devions aller au concert ? Et il n'ignorait non seulement rien de l'invention, mais des rapports existant entre M. Merrill et ton père... Tu es sûr que tu n'as jamais vu le type qui est venu ici ?

— Absolument sûr. Mais c'est à la police de chercher. Inutile de nous casser la tête.

Bob disparut dans la cuisine. François regarda pensivement la fenêtre que le voleur, surpris, avait ouverte pour fuir, puis il examina l'armoire, la vitrine. Le cambrioleur aurait pu, s'il l'avait voulu, emporter un ou deux automates. Pourquoi s'était-il contenté du classeur ? L'affaire était décidément des plus mystérieuses. Il y eut un bruit de freins, dans la rue, puis un claquement de portière et, presque aussitôt, la sonnette retentit.

— Laisse ! cria Bob. Je vais ouvrir.

Il ne tarda pas à introduire dans le bureau un homme jeune, plutôt petit, aux yeux sombres, sans cesse en mouvement.

— Inspecteur Morrisson.

Il ne regardait pas François, mais le bureau et les deux pistolets.

— Qu'est-ce que c'est que ça ?

— Des pistolets de duel, expliqua Bob. Nous étions couchés. Nous avons entendu du bruit dans cette pièce. Nous sommes descendus et, pour effrayer le voleur, nous avons pris des armes dans le salon, au passage.

L'inspecteur les souleva, tour à tour, les sentit.

— Celui-là a servi, remarqua-t-il.

— Oui, j'ai tiré au jugé en direction de la grille.

— Vous êtes un peu grand pour jouer aux

Indiens. Alors, vous vous imaginiez, sérieusement, qu'en pleine nuit, sur une cible invisible, vous allez faire mouche ?

— Je ne sais pas, dit piteusement Bob. Je n'ai pas réfléchi.

— Et vous ? demanda l'inspecteur à François. Qui êtes-vous ?

— François expliqua les raisons de sa présence chez M. Skinner, tandis que Morrisson prenait des notes.

— Tout cela sera vérifié, conclut ce dernier, en fermant son carnet.

— Mais c'est la vérité.

— Je n'en doute pas.

Il n'était pas très sympathique, cet inspecteur, avec ses manières froides et vaguement ironiques, cette façon de hausser un sourcil, comme si les déclarations qu'il enregistrait n'étaient que bavardages puérils.

— Et qu'est-ce qui vous autorise à croire que M. Skinner a disparu ?

Il s'adressait aux deux garçons à la fois. Ce fut François qui répondit :

— Ça !

Il montrait le trousseau de clefs, et il recommença pour l'inspecteur le raisonnement qu'il avait déjà exposé à Bob. Morrisson se pinçait machinalement une oreille, tout en laissant ses yeux fureter.

— Je vois, dit-il. Mais je me méfie des suppositions. Il nous faut des faits.

Il traversa la pièce et, devant la fenêtre ouverte, il appela d'une voix forte :

— John !... John !...

Une silhouette apparut dans le jardin. C'était un policeman au casque si caractéristique.

— John... Allez tout de suite jusqu'au domicile d'un certain M. Merrill... Attendez, voici l'adresse...

Bob récita :

— M. Merrill, The Snuggery, Pump Lane.

— M. Merrill, The Snuggery, Pump Lane, répéta le policeman. Compris !

— Vous longerez lentement la rue. Il y a une tranchée. Ces jeunes gens prétendent que M. Skinner a pu être assailli par là. Vous tâcherez aussi de retrouver sa voiture, une Morris... Quel numéro ?... JWT 986 J. Inutile de déranger M. Merrill, puisqu'il n'a pas revu M. Skinner. Je l'interrogerai demain. Revenez aussitôt me rendre compte.

Puis, s'adressant aux deux garçons d'un ton sévère :

— Vous n'avez touché à rien ?

— Non.

Il tendit le doigt vers les automates.

— Qui s'amuse avec ça, ici ?

Bob se rebiffa.

— Ce ne sont pas des jouets. Ce sont des poupées électroniques. D'ailleurs, vous allez voir.

Il prit M. Tom, le posa sur le bureau, et dit, en s'appliquant :

— Monsieur Tom ? Avez-vous passé une bonne nuit ?... Vous sentez-vous capable de travailler avec moi ?

Et M. Tom, portant ses lunettes à ses yeux, répondit :

— Très volontiers.

Malgré son air un peu dégoûté, l'inspecteur ne put cacher sa surprise. Il était trop intelligent pour ne pas comprendre, d'emblée, la valeur de l'invention. Il murmura :

— Espionnage industriel. Mais pourquoi le voleur n'a-t-il pas emporté cet automate ?

— Il a pris le dossier, dit Bob. Un gros classeur à couverture rouge... Des années de recherches...

— Et M. Skinner n'en possède pas le double ?
— Si, bien sûr. Dans un coffre, à l'usine.
— Quelle usine ?
— Mais celle de M. Merrill. La fabrication des marionnettes devait commencer le mois prochain. Mais l'invention était tenue secrète.

Se pinçant l'autre oreille, Morrisson revint au milieu du bureau, et soudain aperçut, sous le fauteuil, une sorte de tube de métal. Aussitôt, comme un chasseur qui s'apprête à capturer, par surprise, une proie étourdie, il se mit à genoux, tira son mouchoir et saisit délicatement l'objet.

— Une lampe électrique, dit-il. Je crains qu'elle ne nous apprenne pas grand-chose. Ces boîtiers guillochés ne retiennent pas les empreintes. Je l'enverrai quand même au laboratoire... Décrivez-moi l'homme qui s'est présenté ici, après le déjeuner.

Mais Bob n'était pas très fort pour les descriptions.

— Blond, tirant sur le roux, résuma Morrisson, barbe, moustache, les yeux clairs, des taches de rousseur... En somme, le signalement de quelques centaines de milliers d'individus. Bon. Autre chose : votre cambrioleur est-il resté longtemps dans cette pièce ?

— Non, dit Bob. Je ne dormais pas. Mrs. Humphrey non plus. C'est la gouvernante ; elle couche juste au-dessus du bureau. Nous avons entendu du bruit et nous sommes aussitôt sortis dans le couloir.

Le téléphone sonna. Ils sursautèrent tous les

trois et, d'un même mouvement, entourèrent l'appareil. L'inspecteur décrocha. Il écouta longtemps, hochant la tête à petits coups, comme un professeur qui encourage un élève timide. Des éclats de voix sortaient de l'écouteur, mais il était impossible de saisir une parole.

— C'est bien, dit enfin Morrisson. Revenez me chercher. Merci.

— Alors ? interrogea Bob, impatiemment.

Le policier parut prendre la mesure du garçon, puis il lui mit une main sur l'épaule.

— Il est blessé, dit-il. Vous aviez raison. Il a été attaqué là-bas... Mais rassurez-vous. Une ambulance est déjà sur place. Nous faisons le nécessaire.

— C'est grave ?

— Pour le moment, on n'en sait rien. Ce qui est établi, c'est qu'on l'a abattu, dévalisé et poussé dans la tranchée... Nous avons affaire à des gens résolus et qui paraissent diablement dangereux.

Bob était au bord des larmes, mais il luttait vaillamment.

— Je pourrai le voir ? murmura-t-il d'une voix enrouée.

— Bien sûr. Mais pas avant demain. Il doit être maintenant en route pour l'hôpital. Croyez-moi, tout le possible sera fait. On le tirera de là, n'ayez pas peur. Cette invention..., je suppose qu'elle vaut beaucoup d'argent ? Je ne me rends pas bien compte.

— Beaucoup, dit Bob. M. Merrill vous renseignera mieux que moi.

— Demain, passez à Scotland Yard en début d'après-midi. Je vous montrerai des photographies d'individus ayant plus ou moins trempé dans des affaires d'espionnage industriel et dont le signalement correspond à celui de votre visiteur. Vous essaierez de le reconnaître... Ça ne donnera sans doute rien, mais on ne doit rien négliger. Les indices sont tellement minces !

Une voiture stoppa devant la grille.

— Je vous laisse, dit Morrisson. Un conseil : prenez un somnifère, tous les deux, et tâchez de dormir.

— Je pourrais peut-être téléphoner à l'hôpital ? suggéra Bob.

— Il est trop tôt, et, de toute façon, vous n'aurez aucune réponse précise. Mon garçon, la vie vous apprendra que savoir attendre est une des formes du courage... Bonsoir... Ah ! La lampe électrique que j'oubliais.

Il traversa le vestibule, se retourna :

— L'équipe du laboratoire viendra de bonne heure... Laissez. Je connais le chemin.

Bob referma la porte.

— Je savais bien que cette maudite invention nous empoisonnerait l'existence !

François faisait le bilan, pesait le pour et le contre. Impossible de repartir en laissant seul son camarade. Mais bien délicat de rester et d'être vite, par la force des choses, un gêneur. Bob devina les scrupules de François.

— Je t'en prie, dit-il, j'ai besoin de toi. D'ailleurs, la police nous tient, tous les deux, et elle ne va pas nous lâcher tant que durera l'enquête.

— Mais... Miss Margrave devrait peut-être venir ? Est-ce que sa place n'est pas ici, maintenant ?

Bob se frappa le front.

— Ah ! Je l'avais complètement oubliée. Heureusement que tu es là. Viens ! Je la préviens tout de suite.

— Il est près de minuit.
— Et alors ? Est-ce que nous dormons, nous ?

Il forma un numéro et, après une assez longue attente, obtint la communication. François, allongé dans le fauteuil, essayait de récupérer. Il était à bout et, comme il arrive dans les cas de grande fatigue, sa pensée courait, courait, formait les hypothèses les plus folles. Il ne parvenait pas à la maîtriser, à fixer le point le plus délicat de l'affaire. « On » connaissait manifestement tout de la vie et des travaux de M. Skinner. « On » savait que, ce soir, l'inoffensive Mrs. Humphrey serait seule à la maison. Et pourtant, « on » avait envoyé l'homme à la barbe en éclaireur, ce qui semblait prouver qu'on ignorait la disposition des lieux. Fallait-il admettre que cet adversaire si parfaitement renseigné n'avait encore jamais franchi le seuil de la villa ?... Et si l'homme à la barbe n'avait été envoyé que pour donner le change ? Et si c'était M. Merrill le coupable ? S'il avait voulu se débarrasser de l'ingénieur et garder pour lui tous les profits ?... Mais, dans ce cas... Non, ça ne tenait pas debout... Est-ce que Bob allait téléphoner toute la nuit ?... Est-ce que...

Bob le secoua par l'épaule.
— Eh bien ? Tu dors ?... Ça y est. Elle arrive demain. Elle voulait partir tout de suite. Elle est chic ; ça, je dois le reconnaître. Beaucoup de sang-froid. Elle est comme moi : elle envoie M. Tom au diable !

Les mains dans les poches, baissant la tête, il réfléchissait. Enfin il se décida :
— Montons, dit-il. Je crois que l'inspecteur a raison ; l'hôpital ne répondrait pas.

Il prit les pistolets.

— Autant les remettre à leur place... **Pas la peine qu'on se moque encore de moi.**

Mrs. Humphrey n'était pas encore couchée. La porte de sa chambre était entrebâillée et elle avança la tête, quand elle entendit, dans l'escalier, le pas des garçons.

— M. Skinner n'est pas avec vous ?
— Non, dit Bob. Papa a eu un accident.
— Mon Dieu !

Dans son désarroi, elle laissa la porte s'ouvrir davantage et François eut envie de rire en apercevant la chemise de nuit à dentelles de la vieille dame.

— Il est à l'hôpital, continua Bob. On ne sait rien de plus. Je viens de téléphoner à Miss Mary. Elle sera là demain matin. Il faudra lui préparer la chambre d'ami.

Mrs. Humphrey pinça ses lèvres minces et referma sa porte. Bob entra chez François.

— Tu n'as besoin de rien ? Tu seras assez couvert ?... C'est un phénomène, cette brave Mrs. Humphrey. Tu as vu ?... Elle n'aime pas beaucoup la pauvre Mary. Tu comprends, elle règne sur cette maison depuis je ne sais combien d'années. Alors, une nouvelle Mrs. Skinner, ça ne l'emballe pas. Il y aura sûrement des accrochages... Je te dis cela parce que je suis désolé de te recevoir dans des conditions pareilles... Tu ne nous en voudras pas ?

— Bob ! Tu penses !

— Je suis tellement heureux que tu sois près de moi... Bonne nuit.

Miss Mary

Le lendemain, Miss Margrave arriva juste comme sonnaient huit heures. François, qui achevait sa toilette, l'entendit qui causait avec Bob, dans la salle à manger. Sa voix était douce, agréable, et faisait un contraste amusant avec celle de Bob qui, par instants, déraillait dans les sons graves. François ne se pressa pas. Il préférait attendre que le premier moment d'émotion fût passé. Il n'aimait pas beaucoup les effusions. Mais Bob vint l'appeler, au pied de l'escalier. Un ultime coup de peigne, pour paraître à son avantage. Il descendit.

S'il avait craint des larmes, il s'était bien trompé. Miss Mary, sous son aspect fragile, semblait être une femme de tête. Elle était longue et mince, d'un blond nordique un peu étrange, comme si elle avait été coiffée de lumière. Mais son visage était régulier ; ses yeux d'un bleu un peu dur n'exprimaient aucune émotion. Elle savait se tenir. Sa poignée de main était franche, directe, une poignée de main de sportive.

— Merci, dit-elle. Bob m'a tout raconté. Vous l'avez aidé énormément.

Du bout des doigts, elle effleura la joue de Bob.

— Son père et lui ne sont pas toujours d'accord, mais ils s'aiment bien. J'espère que l'hôpital va nous donner de bonnes nouvelles... Bob, soyez gentil. Portez ma valise dans ma chambre.

Elle attendit un peu et, quand Bob fut parti, elle reprit en baissant la voix :

— Je sais que vous êtes un garçon de ressource... Que pensez-vous de tout cela ?

— Je pense, avoua François, que tout, ici, est bizarre... Aussi bien M. Tom que... le visiteur...

Elle l'interrompit :

— Vous avez trouvé le mot. Bizarre... Dès que je suis ici, je ne suis plus la même. J'en arrive à croire que ces marionnettes ont une mauvaise influence. Bob travaille de plus en plus mal. Jonathan est obsédé par son invention... Mrs. Humphrey grogne sur tout. Et maintenant, ce drame... C'est pourquoi je vous le demande à mon tour. Restez ! Vous êtes le témoin devant qui chacun s'efforce d'être raisonnable.

Elle sourit d'une façon charmante.

— Soyons alliés, monsieur Robion.

François rougit de plaisir.

— C'est promis, dit-il. Je me bornerai à dire à mes parents que M. Skinner a été victime d'un accident.

Il y eut un brouhaha dans le jardin. C'étaient les hommes de l'Identité judiciaire. Ils étaient trois, munis d'un matériel compliqué. Miss Mary les fit attendre dans le vestibule.

— Juste le temps de téléphoner à l'hôpital, expliqua-t-elle. Je ne toucherai à rien.

Du seuil de la cuisine, Mrs. Humphrey observait le groupe, cachant à peine sa réprobation. François s'assit devant le petit déjeuner. Il avait bien appris que le breakfast était copieux, mais à ce point, il ne l'aurait pas cru : thé, café, confitures, jambon, saucisses frites, œufs sur le plat, haddock, il ne savait que choisir. Bob revint et se servit abondamment. Il avait oublié son indisposition de la veille.

— J'ai honte, dit-il. Mon père est blessé et je trouve le moyen d'avoir faim quand même. C'est moche, non ?

Miss Mary téléphonait longuement. Une odeur de pipe venait maintenant du vestibule.

— Je ne t'avais pas menti, hein ? continua Bob. Elle est sensationnelle. Et tu verras : méticuleuse, l'œil à tout, exactement la femme qui convenait à papa. Il égare tout ; il oublie tout. Je t'assure que si elle avait été là, le classeur aurait été mis dans un endroit plus sûr.

Il attaqua le haddock à belles dents.

— Dommage, fit-il, la bouche pleine. Elle a un petit côté maîtresse d'école. C'est ça qui m'embête.

Miss Mary reparut, toujours impassible. François lui avança une chaise.

— Merci. Ils ne sont pas très loquaces, à l'hôpital. Mais je crois qu'il y a bon espoir. D'après ce que j'ai compris, Jonathan a essayé d'échapper à son agresseur. L'autre a tiré sur lui. La balle n'a pas encore été extraite. On aura le résultat des radios dans la matinée.

— C'est grave ? coupa Bob.

— Le chirurgien nous le dira. Ça paraît assez sérieux, oui. Jonathan a de la fièvre. Je lui rendrai visite au début de l'après-midi.

— Et moi ? dit Bob, vivement.

— Il ne faut pas le fatiguer !

Bob se renfrogna et, machinalement, déposa deux œufs dans son assiette.

— On pourra quand même vous accompagner, dit-il.

— Bien sûr.

Elle était calme, sûre d'elle, et François admira l'adresse avec laquelle, de ses longues mains, elle décapita un œuf à la coque. Il remarqua aussi à quel point elle était élégante dans son tailleur strict, rehaussé d'un clip au revers. Il y eut un silence un peu contraint, et François fut tout heureux d'entendre la voix de l'inspecteur Morrisson. En maîtresse de maison consciente de ses devoirs, Miss Mary se leva pour l'accueillir.

— Ne vous dérangez surtout pas, dit l'inspecteur. Tout à l'heure, j'aurai juste quelques questions à poser.

— Mais vous accepterez bien une tasse de thé.

— Soit.

Il avait soudain perdu cette expression d'ironie condescendante qui avait tellement déplu à François. Il s'efforçait d'être aimable et même il parut vaguement intimidé quand il s'assit, entre Bob et Miss Mary.

— Nous avons retrouvé la voiture, annonça-t-il. Elle était garée à l'entrée de la rue, juste à côté du panneau : *Rue barrée*. M. Skinner a été blessé à une vingtaine de mètres plus loin... Deux sucres, s'il vous plaît, et très peu de lait... Merci... La voiture est maintenant sur le parking de l'hôpital. Le constable n'a pas compris mes ordres. Il l'a garée là-bas au lieu de la ramener ici. Mais elle ne gêne pas... J'ai interrogé M. Merrill, tout à l'heure. Il a été très surpris, très affecté. Il ne sait rien. La disparition du dossier lui a porté un coup. Il prétend que le classeur contient suffisamment de documents pour qu'un spécialiste puisse, maintenant, reconstituer l'automate.

— Mais Jonathan a déposé ses brevets, observa Miss Mary. Toute reproduction est interdite.

— C'est vrai, admit l'inspecteur, mais seulement s'il s'agit d'une contrefaçon grossière. Si, au contraire, une firme rivale met, demain, sur le marché, une machine identique pour l'essentiel, mais différente par la présentation et quelques autres détails, M. Merrill et M. Skinner ne pourront plus, juridiquement, faire valoir leurs droits. Tout le monde sait qu'une invention voit le jour dans plusieurs pays à la fois ; c'est prouvé par d'innombrables exemples. Ah ! si la fabrication des marionnettes était commencée, je veux dire si les premiers spécimens étaient déjà en vente, il en irait tout autrement. Malheureusement, l'invention n'existe, en fait, que sur le papier. Et, à ce stade, il est impossible d'établir qui en a eu le premier l'idée. Une idée, voyez-vous, ce n'est rien de palpable. M. Merrill sait bien qu'une plainte devant les tribunaux serait jugée irrecevable. Or, il a déjà investi beaucoup d'argent. Si nous ne remettons pas la main sur le dossier, et vite, ce vol va lui coûter cher.

— Vous voulez dire qu'il sera ruiné ? demanda Bob.

— Non. Mais il ne pourra plus vendre à l'étranger la licence de fabrication. Et c'est précisément cela qui rapporte le plus. D'après lui, c'est un manque à gagner de centaines de millions.

Le chiffre tomba entre eux comme un pavé. Il y eut un long silence.

— Papa avait donc raison, quand il affirmait que nous serions très riches, murmura Bob, d'une voix qui tremblait un peu.

— Tout n'est pas perdu, dit l'inspecteur. Sinon, à quoi servirait la police ? Est-ce que M. Skinner recevait du monde, avait des amis ?

— Non, répondit fermement Miss Mary. Il était trop absorbé par son travail. A l'usine, bien sûr, il était en contact avec des tas de gens ; mais ici, il ne voyait personne. En revanche, il se confiait volontiers. Il était très fier de son invention. Peut-être a-t-il commis une imprudence.

— C'est certain, approuva Morrisson. Il a fort bien pu raconter qu'il avait pris des billets pour aller au concert ; ce n'était pas un secret. Mais on peut aussi admettre qu'il était surveillé depuis un certain temps.

« Oui, pensa François. Il voit juste. C'est cela le nœud de l'affaire. »

— Je vais pousser l'enquête du côté de l'usine, reprit Morrisson. M. Skinner était forcément en contact avec des secrétaires, des téléphonistes... Souvent, c'est un personnage tout à fait subalterne qui est à l'origine d'une fuite.

Il se leva, remercia Miss Mary, non sans cérémonie, et rejoignit ses hommes dans le bureau.

— A dix heures, nous irons à l'hôpital, dit Miss Mary.

François profita de ce répit pour écrire à ses parents. D'habitude, il rédigeait à la diable, selon l'inspiration du moment. Mais, cette fois, il lui fallait parler de son séjour à la fois sans mentir et sans dire la vérité. Il savait qu'on lirait entre les lignes, que sa mère s'écrierait : « François nous cache quelque chose. Il est peut-être malade. » Alors, il s'efforça d'être enjoué, de raconter des banalités ; s'il s'était écouté, il aurait laissé courir sa plume : *Je fais une enquête... Il y a eu un vol... La police nage... Cet après-midi, j'irai à Scotland Yard...* Mais il s'obligeait à écrire : *Il pleut beaucoup. La gouvernante, Mrs. Humphrey, prétend que c'est tous les ans la même chose...* Il se relut. Le résultat n'était pas fameux. Il ajouta un post-scriptum hypocrite : *Nous sortirons beaucoup. Ne vous étonnez pas si je ne vous envoie que des lettres très courtes...* Après réflexion, il jugea utile un second post-scriptum, destiné à soutenir le moral de la famille : *Mes progrès en anglais s'annoncent formidables*. L'épreuve était heureusement terminée. Quand il descendit, l'équipe du laboratoire était partie, mais l'inspecteur continuait à examiner le bureau.

— J'ai fait enlever les automates, expliqua-t-il à Miss Mary. Ils sont en lieu sûr et il n'y a plus rien à voler ici. Vous n'avez donc à redouter aucun retour offensif de nos adversaires. Je passerai à l'hôpital avant midi... Dites bien, de votre côté, à M. Skinner que nous avons la situation en main, qu'il ne s'inquiète pas.

« Jolie formule, pensa François. La situation en main ! Alors qu'il ne possède même pas la moitié du quart du commencement d'une piste. »

Bob bouillait d'impatience. Enfin, la voiture de Miss Mary démarra. C'était une belle machine, avec un intérieur bois et cuir, dans la tradition anglaise.

— Qu'est-ce que c'est, comme marque ?

— Une Daimler. Elle remplacera avantageusement la vieille Morris de Jonathan. J'aime les voitures spacieuses.

Miss Mary conduisait bien, comme elle faisait toute chose. Personne ne parla pendant le trajet. Dans quel état allait-on trouver le blessé ? Bob se rongeait les ongles et Miss Mary, malgré son sang-froid, paraissait tendue. L'hôpital était neuf. Il avait sans doute été reconstruit, comme tant d'autres bâtiments, après les bombardements. Miss Mary parlementa. Une infirmière indiqua le chemin à suivre ; la chambre était au rez-de-chaussée. Tout se passait comme en France. Maître Robion avait été opéré de l'appendicite, quelques années auparavant, et François retrouvait ici les mêmes couloirs interminables, la même odeur de propreté et de maladie, les mêmes chariots chargés de fioles tintantes. Il fallut attendre dans un petit salon uniquement meublé de banquettes. Il y avait des affiches : *Donnez votre sang.* On vint chercher Miss Mary.

— Attendez-moi là, dit-elle.

Bob ne pouvait rester en place. Il allait, venait, s'arrêtait devant les affiches, repartait, regardait l'heure à sa montre.

— C'est tout de même incroyable, dit-il. Pourquoi est-ce que je compte, moi ? Je suis le fils, oui ou non ?

Mais il cessa de grommeler quand Miss Mary reparut, accompagnée d'un médecin en blouse blanche.

— Ah ! Voici notre jeune ami, dit le médecin, en s'avançant vers François.

— Ce n'est pas lui, c'est moi ! protesta Bob. Alors ?

— Eh bien, comme je viens de l'expliquer à Madame, M. Skinner est assez sérieusement touché. Mais nous le sauverons. La malchance a voulu que la balle aille se loger tout près du cœur et l'opération sera extrêmement délicate. Surtout que M. Skinner a perdu beaucoup de sang. Pour le moment, il ne doit pas bouger, car nous ne voulons courir aucun risque.

— Mais..., il n'est pas paralysé ? s'écria Bob.
— Non... Pas du tout... Seulement, s'il se levait, il s'exposerait probablement à de nouvelles hémorragies. Dans le doute, il vaut mieux prendre des précautions sévères. En revanche, il peut parler. Vous allez le voir.

Il les précéda, ouvrit une porte.

— Nous l'avons mis au 13. C'était la seule chambre disponible. Vous n'êtes pas superstitieux ?
— J'aime mieux vous laisser seuls avec lui, déclara François.
— Tu n'es pas dingue ! fit Bob.

Il fit quelques pas et se précipita vers le blessé.

— Papa !
— Doucement, dit le docteur. Et pas plus de quelques minutes.

Miss Mary se pencha au-dessus de M. Skinner et l'embrassa sur le front, tandis que Bob lui tenait la main, bien décidé à ne pas la lâcher. M. Skinner, très pâle, ferma les yeux puis les rouvrit, et s'adressa à François :

— Mon pauvre ami, murmura-t-il. Je crois bien que je vais gâcher vos vacances. Mais, vous savez, je reviens de loin... Au fond, j'ai eu tort de me débattre, quand cet homme s'est jeté sur moi ; je n'aurais pas dû chercher à m'enfuir. Il ne m'aurait pas tiré dessus.

— Comment était-il, cet homme ? ne put s'empêcher de demander François.
— Je ne sais pas. Il faisait trop noir, et tout cela a été si rapide !... J'aurais dû...

Le médecin se rapprocha du lit.

— Ne vous agitez pas, monsieur Skinner.

Mais le blessé fit encore un effort et tourna la tête vers Bob.

— Il a tout pris, n'est-ce pas ?
— Non. Seulement le classeur rouge.
— C'est la même chose... M. Merrill va m'en vouloir !...
— Ne pensez plus à M. Merrill, chuchota la jeune femme. Plus vite vous oublierez vos affaires et plus vite vous serez guéri... N'est-ce pas, docteur ?
— C'est évident, dit celui-ci. Maintenant, nous allons vous laisser reposer... Il a pris un calmant et je pense qu'il va dormir.

Miss Mary passa doucement sa main gantée sur la joue déjà barbue du blessé.

— Faites-moi confiance, dit-elle. Je m'installe à la maison. Tout ira bien... Et je suis sûre que vous ne tarderez pas à nous revenir... Bob, venez !

A regret, Bob lâcha la main de son père. Il s'éloigna à reculons, puis, gravement, il dit au docteur :

— Si vous avez besoin de sang pour une transfusion, je suis là. J'y tiens.

Le docteur sourit.

— Bon, bon. Nous verrons. Mais nous avons tout ce qu'il faut. Ne vous inquiétez pas.

Sur le seuil, Bob se retourna. Miss Mary le saisit par le bras et ferma la porte.

— Courage, mon petit Bob. Puisqu'on nous assure qu'il n'est pas en danger... Répétez-le-lui, docteur.

Celui-ci donna, encore une fois, les assurances les plus formelles et prit congé.

Ils se retrouvèrent tous les trois dans la cour de l'hôpital et Miss Mary, pour distraire les garçons, proposa d'aller déjeuner au « Sherlock Holmes ».

Il était encore un peu tôt. Ils se promenèrent

sur le Strand, firent quelques achats et, à midi, descendirent vers la Tamise.

— Et si on ne peut pas extraire la balle ? dit Bob.

— Oh, Bob ! fit la jeune femme. Croyez-vous que je ne suis pas inquiète, moi aussi ? Mais Jonathan est entre des mains sûres. Alors à quoi bon imaginer le pire. Esseyons d'oublier, pendant une heure.

Le pub, bas de plafond, était peu éclairé, mais des reflets jouaient de tous côtés sur des boiseries anciennes. Le bar, massif et confortable, partageait la salle en deux et de nombreux buveurs, juchés sur de très hauts tabourets, bavardaient tranquillement, devant des verres de bière. Aux murs, étaient accrochés des revolvers, du temps de Sherlock Holmes, et des reproductions de lettres, signées Watson. La redoutable tête du chien des Baskerville ornait un panneau.

Miss Mary s'engagea la première dans l'étroit escalier à vis qui conduisait au premier étage, et soudain François découvrit le musée. En vérité, c'était moins un musée qu'un cabinet de travail, mais François reconnut au premier coup d'œil, derrière des vitres qui tenaient les visiteurs à distance, le célèbre bureau de Sherlock Holmes, minutieusement reconstitué. Ici, la babouche persane où Sherlock gardait son tabac, et la pipe recourbée, compagne des heures de méditation ardue. Là, le mannequin qu'il avait utilisé dans sa lutte contre le professeur Moriarty ; sur un guéridon, reposait son violon. Il y avait tant d'objets variés dans cette pièce que François ne savait où jeter ses regards : la célèbre coiffure à double visière, la bibliothèque, des armes encore, des fioles pour des analyses chimiques, des postiches et, enveloppant le tout, une atmosphère surannée, irréelle et troublante.

Le front contre la vitre, François contemplait le monde de son enfance. Ah ! *La bande mouchetée*, *Le pouce de l'ingénieur*... et Sherlock Holmes disant : « Elémentaire, mon cher Watson ! » Tant de souvenirs ! Tant d'émotions ! François avait oublié l'affaire Skinner. Et il eut l'impression de se réveiller, quand Miss Mary le tira par la manche.

— A table !

Ce fut un étrange repas. François faisait face à ce petit appartement de Baker Street où tant de mystères impénétrables avaient trouvé leur dénouement rapide, simple, logique. Et lui, est-ce qu'il saurait dénouer le mystère Skinner ? Entre chaque bouchée, il relevait la tête et regardait, et cherchait conseil auprès du fantôme qui habitait invisible ce bureau encombré.

— C'est intéressant, n'est-ce pas ? dit Miss Mary.

Intéressant ! Le mot était bien faible ! C'était captivant. C'était prodigieux. François ne savait plus ce qu'il mangeait et son silence devenait de plus en plus impoli. Son corps était d'un côté de la vitre et son esprit de l'autre. En pensée, il se tenait devant le fauteuil du Maître ; il exposait son problème. Et le docteur Watson approuvait. Et Sherlock Holmes, les yeux mi-clos, réfléchissait, réunissant les éléments d'une série d'éblouissantes déductions.

— Tu préfères une glace au chocolat, à la fraise ou à la vanille ? demanda Bob.

François parut si ahuri qu'en dépit de leurs soucis Miss Mary et Bob éclatèrent de rire. Bob s'adressa à la jeune femme :

— Ce n'est pas François qui est avec nous.

C'est Sans-Atout. Ah mais, c'est qu'il joue au détective, à ses heures ! Vous ne savez pas qui est Sans-Atout ? Je vais vous le dire.

Et il expliqua pourquoi on avait donné ce surnom à François. Miss Mary écoutait avec indulgence ces histoires de gosses, et François en fut secrètement dépité. Mais il devait bien s'avouer que, jusqu'à présent, il n'avait fait que jouer aux gendarmes et aux voleurs et qu'il était complètement perdu dans une affaire où le sang avait coulé. Ramené sur terre, il cessa de tourner les yeux vers ce qui n'était, en somme, qu'une petite salle poussiéreuse abritant des vieilleries et des rêves puérils.

La vérité, la vraie, il la découvrit une heure plus tard, en franchissant le seuil de Scotland Yard, devant un gigantesque policeman. Ici, on ne s'amusait plus. On pénétrait dans le royaume ténébreux de l'Enquête criminelle. Pourtant, les gens qu'on croisait n'avaient pas l'air bien redoutable. L'immeuble non plus n'imposait guère. Cela tenait plus de la Sécurité sociale que de la Maison de la police. Il y avait des bureaux, beaucoup trop de bureaux, des secrétaires qui passaient avec des dossiers sous le bras, des machines à écrire tapant derrière des portes closes, et des couloirs à n'en plus finir. Miss Mary, toujours à l'aise, demanda l'inspecteur Morrisson à un homme qui devait être quelque chose comme un huissier. Ils montèrent un escalier, et arrivèrent dans une espèce de salle d'attente où l'inspecteur vint presque aussitôt les chercher. Il les introduisit dans un nouveau bureau — encore un — meublé sans élégance d'un matériel métallique verdâtre, et attaqua d'emblée, car il semblait pressé :

— J'ai fait descendre le fichier. Approchez-vous.

Les deux garçons obéirent, tandis que l'inspecteur avançait une chaise pour Miss Mary.

— Vous d'abord, dit-il à François. Je préfère que vous ne vous influenciez pas l'un l'autre.

Et François vit soudain défiler devant ses yeux une interminable série de visages, plus ou moins barbus, plus ou moins jeunes, plus ou moins patibulaires. Il passa bientôt la main sur ses paupières.

— Ils ne sont pas très beaux à voir, admit Morrisson. Mais n'oublions pas que l'homme se trouve peut-être là...

Et il passait devant François une nouvelle photographie, face et profil, un nouveau visage figé dans sa violence secrète, par le flash.

— Non, répétait François.

Nouvelle photographie..., nouvelle figure..., le plus souvent marquée par une vie d'aventures. Mais le visiteur mystérieux n'était pas fiché par la police, ou du moins François ne l'avait pas reconnu. Bob prit sa place, et le défilé recommença, sans plus de succès.

— Je ne suis pas tellement surpris, dit l'inspecteur. Mais il fallait en avoir le cœur net...

J'ai vu M. Skinner. Il l'a échappé belle, mais il s'en remettra... Quant à l'enquête, il est encore trop tôt pour émettre un jugement. Tout ce que je peux affirmer, c'est que les quelques personnes de l'entourage immédiat de M. Skinner, que nous avons interrogées à l'usine, semblent irréprochables... Eh bien, je vous remercie, et je m'excuse de vous avoir inutilement dérangés.

— Autrement dit, nous ne sommes pas plus avancés, dit Miss Mary, quand ils furent dehors. Nous allons rentrer, si vous le voulez bien, car je suis un peu fatiguée.

Ils reprirent la Daimler et regagnèrent la maison. La fin de la journée s'écoula, morose : thé, puis dîner ; puis courte veillée. On ne savait s'entretenir que des événements de la nuit précédente et l'on était las de remuer les mêmes hypothèses et de tourner interminablement dans le même cercle.

François s'endormit très vite. Mais son sommeil était agité, coupé de rêves bizarres où Sherlock Holmes intervenait en ricanant. François le voyait, qui arpentait le bureau en fumant. Il n'avait pas l'air content. Et même, il marcha vers François pour lui donner sur la poitrine de petits coups, avec le tuyau de sa pipe, comme s'il essayait de lui faire admettre d'autorité un raisonnement difficile.

— François !
— Oui ?

François ouvrit les yeux. C'était Bob qui était là et qui essayait de le réveiller.

— Il y a encore quelqu'un en bas, chuchota Bob.
— Quoi ?
— Chut !... Il est dans le salon

Un étrange butin

Etait-ce le rêve qui continuait ? Mais non. Bob était bien réel et son ton effrayé montrait assez qu'il ne plaisantait pas. Tout recommençait comme la nuit précédente, et François, le cœur battant, retrouva d'un coup sa lucidité.
— Il y a quelqu'un dans le bureau ?
— Non. Dans le salon. C'est Miss Mary qui a entendu. Elle couche au-dessus.
La maison était silencieuse.
— Il faut aller voir, dit Bob.
François se leva. Dans le couloir, Miss Mary écoutait. François eut de la peine à la reconnaître. Dans sa robe de chambre, avec ses cheveux qui formaient deux nattes et son visage démaquillé, elle paraissait beaucoup plus jeune et ressemblait à une petite fille sans défense. Eux-mêmes, en pyjama, l'un bleu, l'autre lie de vin, n'étaient plus que des gamins apeurés. A la faible lumière de la veilleuse, qui était allumée au fond du couloir, ils formaient un groupe bizarre, et paraissaient tenir conciliabule avant de se livrer à quelque jeu insolite. Ils tendaient l'oreille. Rien.
— Je suis sûre, souffla Miss Mary. Tenez !
Un faible grincement leur parvint du rez-de-chaussée.

— C'est peut-être Mrs. Humphrey ? chuchota François.

— Non. J'ai vérifié. Elle dort.

Ils ne savaient que faire. Descendre ? C'était aller au-devant du danger, et l'on n'ignorait plus, maintenant, que l'homme à la barbe était capable de tout. Car c'était sûrement lui qui s'était, à nouveau, introduit dans la maison. Appeler ? Mais le téléphone se trouvait dans le bureau, donc à deux pas du malfaiteur. Alors quoi ? Rester là ? Et s'il montait ? Les deux garçons attendaient que la jeune femme proposât quelque chose, mais elle était aussi perplexe qu'eux. François déchiffra l'heure : minuit et demi.

— Ecoutez, dit Bob. Nous sommes trois, quand même ! A trois, nous ne devons pas risquer grand-chose. Allons-y !

Il alluma le plafonnier du couloir et s'engagea le premier dans l'escalier. Ils s'arrêtèrent à mi-hauteur. De là, ils découvraient le vestibule et ses portes. Elles étaient toutes fermées. Aucun bruit. Ils continuèrent leur progression, marche après marche. Ils atteignirent le rez-de-chaussée, attentifs, un peu pâles, se sentant de plus en plus exposés. Ils n'étaient plus qu'à quelques mètres du salon et auraient dû entendre quelque chose. Ils n'osaient plus bouger.

— On a l'air malin, murmura Bob.

Et il rit nerveusement.

— Pourtant, je ne me suis pas trompée, dit Miss Mary.

— Eh bien, je crois qu'il n'y a plus personne... François, allume. Le bouton est de ton côté.

François tâtonna et trouva le bouton. Le lustre à quatre branches du hall s'illumina. Si l'ennemi était encore dans la place, il devait

voir, sous la porte du salon, une raie lumineuse. Alors, ou bien il allait s'enfuir, ou bien il allait prendre l'offensive.

Mais rien ne se produisit. Alors, résolument, Bob traversa le hall et ouvrit.

— Qui est là ? cria-t-il, d'une voix qui tremblait un peu.

Puis il se retourna et dit :
— On a rêvé.

Miss Mary et François le rejoignirent. Ils entrèrent et virent, à ce moment-là, que la fenêtre à guillotine était soulevée. Un des volets oscillait en grinçant, au vent de la nuit.

Bob, soudain furieux, revint sur ses pas et fit la lumière. Ils regardèrent autour d'eux avec étonnement. Le salon avait son aspect habituel. Ils allèrent à la fenêtre et constatèrent que la vitre coulissante avait été découpée dans sa partie inférieure. Un trou, fait sans doute avec un diamant, permettait de débloquer le levier de fermeture.

— Je n'y comprends rien, dit Bob. Se donner tant de mal pour prendre quoi ?

Miss Mary, qui inspectait le salon, s'écria tout à coup :

— On a volé l'éléphant d'ivoire !

Elle montrait une étagère où s'alignaient des bibelots. L'éléphant n'y était plus.

— Ça ne tient pas debout, dit Bob. C'est un truc sans valeur.

— Il était gros ? demanda François.

— Comme le poing. Et encore !

— Ah ! fit la jeune femme. La main de marbre aussi a disparu.

François se rappela qu'il l'avait aperçue, sur la cheminée ; une main de femme, longue, délicate, vivante.

— Et les pistolets, dit Bob. Ils ne sont plus là. Je les avais posés sur cette table, hier.

Tournant sur eux-mêmes, lentement, ils examinaient la pièce, meuble après meuble.

— Je crois que c'est tout, dit Miss Mary.

— Non, dit Bob. Le kriss malais a été emporté.

On voyait, en effet, sur le mur, une place vide entre un sabre de samouraï et un casse-tête polynésien.

— Ça alors ! reprit Bob. C'est ahurissant ! Se donner tant de mal et prendre tant de risques pour voler quoi ?... Un éléphant d'ivoire, une main de marbre, un poignard et deux pistolets !

— C'est peut-être, observa François, qu'il n'a pas eu le temps de prendre autre chose.

— Mais il y avait ici des tas d'objets plus précieux, répliqua Bob. Tiens, ce reliquaire... Tiens, ces cavaliers en jade... Pourquoi barboter un éléphant alors que, juste à côté, il y a un petit Bouddha qui vaut vingt fois plus cher. C'est idiot !

— Et surtout, dit Miss Mary, on ne voit pas le rapport avec le vol des documents.

François venait de se faire, à la même seconde, la même réflexion. Il était bien difficile d'admettre que, par une coïncidence extraordinaire, un second voleur, à une nuit d'intervalle, se fût introduit dans la même maison. Mais que signifiait ce vol ?

— Moi, dit François, je crois que c'est le barbu qui est revenu, parce qu'il n'a pas eu le temps, hier, d'emporter quelque chose qui lui tenait à cœur.

— La main d'ivoire, peut-être, ricana Bob.

— Je sais. Ça paraît stupide. Mais il est évident que c'est le même type qui a fait le coup.

Et comme c'est bien le même, il savait que la maison était habitée et qu'il pouvait être surpris une deuxième fois. Et pourtant il n'a pas hésité, comme il n'avait plus les clefs, à découper la vitre. Conclusion : il était absolument nécessaire pour lui de revenir.

— Sans-Atout, va ! plaisanta Bob. Ecoutez-le. Si on insiste, il est prêt à nous dire que le bonhomme est gaucher et qu'il a eu la scarlatine.

La frayeur qu'ils avaient éprouvée se muait en soulagement et l'insouciance de leur âge reprenait le dessus. Mais Miss Mary, elle, n'avait pas envie de rire. Elle referma la fenêtre:

— Ce qui vient d'arriver est un peu notre faute à tous. Après ce qui s'est passé la nuit dernière, nous aurions dû fermer les volets. Maintenant, il faut prévenir l'inspecteur.

C'était la sagesse même. Ils passèrent dans le bureau et la jeune femme se mit en rapport avec la police, ce qui eut pour effet de réveiller Mrs. Humphrey, qui dormait juste au-dessus. Bob monta la rassurer.

— Comme c'est contrariant, se plaignait la jeune femme, au téléphone. Bien. Nous attendrons... Mais nous ne voudrions pas rester debout toute la nuit... S'il vous plaît... Merci.

Elle raccrocha.

— L'inspecteur n'est pas là, bien entendu, dit-elle. Mais on va le prévenir. Il n'y a qu'à l'attendre... Voulez-vous que je fasse du thé ?

C'était amusant, ce goûter impromptu, au milieu de la nuit. On essayait de se déplacer sans bruit, de ne pas heurter les couverts, à cause de la gouvernante. Et l'on s'interrogeait toujours sur les raisons incompréhensibles du vol.

— D'où viennent-ils, ces objets ? chuchota François. Si leur origine était connue, peut-être qu'on y verrait plus clair.

— Oh ! dit Bob, il n'y a pas de mystère. Ils appartenaient à mon grand-père. Je crois qu'il a acheté la main à Rome. L'éléphant, ça je l'ignore. Mais il doit provenir de Ceylan, comme le Bouddha et quelques autres petites choses... Le poignard vient de Londres. Les pistolets ont été donnés à mon grand-père par un attaché d'ambassade, après un duel... C'était avant 1914... J'ai entendu raconter souvent l'histoire... Il y avait eu une querelle, à Sydney, entre l'ami de grand-père et un Allemand du consulat. Mon grand-père servait de témoin et, après le duel, il reçut les pistolets en cadeau. Il y tenait beaucoup.

— Mais..., ce duel ? demanda François.

— Oh ! Sans résultat, bien sûr. Et maintenant, si tu peux tirer de là des déductions, bravo !

Miss Mary buvait pensivement son thé. Elle ne paraissait pas faire attention au bavardage des deux garçons et François sentit soudain quelle distance sépare l'univers des adolescents de celui des adultes. Sans doute pensait-elle au blessé, à cet homme qu'elle devait bientôt épouser, qui était bien autre chose pour elle que le héros d'une sombre aventure.

— Tu paries que tu ne trouveras rien ? continua Bob.

— Ce n'est pas un jeu, dit gravement François.

La jeune femme lui jeta un coup d'œil étonné et reconnaissant. Mais Bob, qui n'avait rien remarqué, insista :

— L'éléphant n'est pas creux. Les doigts de la main ne se dévissent pas. Le poignard est un poignard. Et les pistolets, tu les a vus. Il n'y a pas de cachette là-dedans... J'ai manipulé ces objets des tas de fois. L'écrin des pistolets ? Un brave écrin, sans double fond. Moi, je crois que le type est un maniaque, un cinglé.

François, cédant à nouveau au démon de la controverse, objecta :

— Mais..., pour un collectionneur ?

Bob haussa les épaules.

— Les pistolets ? dit-il. Ni assez anciens, ni assez neufs. Ça ne vaut sûrement pas cher. Le poignard ? Une babiole. La main, peut-être, oui. C'est la reproduction de je ne sais quelle main célèbre.

— Bob, observa Miss Mary. Vous buvez trop ! Vous ne pourrez pas dormir.

— Il est bien question de dormir, répondit Bob, très excité. Je pense à papa. Il va falloir le mettre au courant. Qu'est-ce qu'il va dire ? Tout ce qui a appartenu à grand-père, c'est sacré. Et je pense aussi à la tête que va faire Morrisson. Il va croire qu'on se moque de lui... Vous l'aimez, vous, Morrisson ? Il ne se prend pas pour rien !

Ils entendirent, à ce moment, la voiture qui stoppait devant la grille.

— Le voilà, dit Bob. On va rigoler !

— Bob, voyons ! Tenez-vous mieux.

Miss Mary devait songer que l'éducation de ce garçon, trop longtemps livré à lui-même, allait lui donner bien du mal. Ils allèrent tous trois ouvrir la grille à l'inspecteur, qui ne semblait pas très content d'être dérangé si tard. Miss Mary résuma les événements et ce que Bob avait pressenti se produisit. Morrisson sursauta quand la jeune femme lui décrivit les objets volés.

— C'est de la démence ! s'écria-t-il. Prendre autant de risques !... Car enfin, cette fois, l'homme a même été obligé d'escalader la grille ! Montrez-moi ce salon !

Il examina longuement la vitre découpée, la bouche pincée de dégoût.

— C'est quelqu'un qui ne sait pas travailler, remarqua-t-il. Et il a certainement fait pas mal de bruit. Qui dort dans la pièce au-dessus ?

— Moi, dit Miss Mary. J'ai entendu une sorte de grincement. Je suppose que c'est quand il a soulevé la fenêtre.

— Voyons, fit l'inspecteur, d'un air sombre, si je comprends bien, un de ces objets dissimulait une cachette.

Bob poussa le coude de François.

— Non, répondit Miss Mary. Aucune cachette. Et d'ailleurs, qu'est-ce que M. Skinner aurait caché ? Ce qu'il avait de plus précieux, c'étaient ses plans et ils ont déjà été volés.

Morrisson, peut-être pour se donner une contenance, se mit à examiner, au hasard, les meubles et les bibelots. De temps en temps, par-dessus son épaule, il posait une question :

— Rien d'autre n'a été emporté ? Vous êtes sûrs ?... Est-ce que M. Skinner venait souvent dans cette pièce ?... Est-ce qu'il était particulièrement attaché aux choses qui ont disparu ?

— Il nage, souffla Bob à François.

— Bon, conclut l'inspecteur. Je verrai M. Skinner demain. Il n'y a que lui qui peut me renseigner utilement.

Il s'inclina avec raideur devant la jeune femme.

— Bonne nuit, dit-il. J'étais persuadé qu'il n'y avait plus rien à voler ici... Je me suis trompé. Excusez-moi.

Et sans prêter la moindre attention aux deux garçons, il se retira.

— Nous, bien sûr, grommela Bob, on... on...
— On compte pour du beurre, dit François, en français.
— Exactement. Quel mufle !

Ce fut cette nuit-là que François eut l'idée de tenir son journal. Comme il n'avait plus aucune envie de dormir, il prit du papier à lettre et résuma d'abord les événements dont il avait été le témoin. Il nota ensuite ses impressions. C'était passionnant et, en même temps, plein d'enseignements. Car, la plume à la main, il s'apercevait qu'il n'était pas capable de porter un jugement sur ceux qui l'entouraient. Bob, par exemple, un gentil garçon, oui. Mais au-delà des apparences ? Le mystère commençait tout de suite. Quels étaient, au juste, ses rapports avec son père ? Et avec Miss Mary ? Tout ce que François pouvait affirmer, non sans précaution, c'était que Bob souffrait d'une certaine frustration. Et encore ne savait-il pas très bien ce que dissimulait ce mot trop savant. Et M. Skinner ? Qui était M. Skinner ? Un brillant ingénieur, d'accord. Mais en tant qu'homme ?... « Si je connaissais mieux la vie, pensa François, je flairerais mille choses qui m'échappent. Je me prends pour une grande personne, mais je touche là mes limites. C'est vrai. Il y a un petit monde, et c'est encore le mien !... Sapristi ! Il va être trois heures. Je ne me suis jamais couché aussi tard ! »

Il se mit au lit, encore obsédé par la découverte de ses insuffisances et, toute la journée du lendemain, il resta distrait, il vécut un peu en marge. Pour la première fois, il comprenait que les visages sont mille fois plus intéressants à étudier que les choses. On rendit visite à M. Skinner. Il avait vieilli en deux jours. Une barbe inégale et rude donnait du flou à sa figure mince. Il avait le regard fiévreux. Il semblait avoir peur, mais ce n'était pas étonnant puisque l'opération que tout le monde redoutait était fixée au lendemain.

M. Merrill était à son chevet. Lui, du moins, offrait une physionomie facile à lire : une bonne grosse face, barrée d'une moustache bourrue, qu'un usage excessif de la cigarette avait roussie en son centre, un nez puissant et sanguin, des yeux gris, vaguement injectés, le droit plus petit que le gauche ; autour du front une marque rougeâtre laissée par le chapeau melon ; et l'accent ! Un accent qui devait rendre malade M. Skinner ! Le type du « self made man », de l'homme arrivé à la force du poignet. Le contraire même de M. Skinner. Comment avaient-ils pu s'entendre ? Et la voix ! Graillonneuse. Enrouée. Et toutes ses phrases commençaient par : « Moi, ma chère mademoiselle... Moi, mon cher Bob... » Etait-il là, poussé par une amitié inquiète ou bien pour veiller sur celui qui valait des millions ? Les deux, sans doute.

M. Skinner et Miss Mary échangeaient des regards qui disaient assez à quel point ils regrettaient la présence de ce gêneur. Aussi la visite fut-elle courte. Bien sûr, on parla du second vol, tellement inexplicable. M. Skinner confirma que les objets dérobés n'avaient qu'une faible valeur. Il ne comprenait pas plus que les autres pourquoi on les avait pris. Mais il ne paraissait pas attacher à l'événement beaucoup d'importance. Son esprit était uniquement préoccupé par l'imminence de l'opération.

— Nous reviendrons demain, promit Miss Mary.

François remarqua le regard désespéré de M. Skinner. Pourquoi désespéré ? Puisque le chirurgien était très optimiste ! Mais François n'était pas dans la peau du malade !

— Allez donc tous les deux au jardin zoologique, proposa Miss Mary. Moi, j'ai beaucoup à faire à la maison, et il faut que je trouve un ouvrier pour réparer la fenêtre.

Cette promenade fut quelque peu maussade. Certes, François n'avait jamais vu un parc zoologique aussi magnifique. Mais Bob manifestait peu d'entrain. Ils flânèrent longuement devant le bassin des pingouins, dans le pavillon des insectes, celui des reptiles. Ils virent les fauves, les girafes, les éléphants. Par suite de quelque association d'idées bizarres, Bob dit :

— Papa m'inquiète. Il a beaucoup changé.

— Ce n'est pas étonnant.

— Oh ! Je me comprends. Il y a quelque chose qui le tracasse.

— Explique.

— Je le sens. C'est tout. Ça se passe entre lui et Merrill... Tiens, c'était ici que se trouvait le panda géant. Il est mort... Moi, je n'aime pas Merrill. Il ne pense qu'à son fric. Et il doit en vouloir à papa. Et pourtant, papa, c'est le type régulier. Ce n'est pas sa faute si on l'a attaqué et si on lui a fauché ses plans !

Tard dans la nuit, François écrivait encore. Il notait tout, même les choses les plus banales, parce que rien n'est banal, il en était de plus en plus convaincu. Par exemple, Mrs. Humphrey faisait la tête. Pourquoi ? Vraisemblablement parce qu'elle en voulait à Miss Mary d'avoir téléphoné au vitrier. C'était à elle de prendre cette initiative. De même, c'était à elle de décider de fermer les volets. Que se passerait-il quand Miss Mary serait Mrs. Skinner ? Sans doute la gouvernante partirait-elle. Peut-être était-ce la raison pour laquelle le dîner laissait à désirer. La viande était trop bouillie, les pommes de terre pas assez cuites. A sa manière volontairement effacée, Mrs. Humphrey était un personnage. Ce second cambriolage, qu'il avait bien fallu lui révéler, l'avait profondément affectée. Que quelqu'un fût venu prendre le classeur, c'était déjà choquant. Mais voler des objets en quelque sorte confiés à sa garde, puisqu'elle les époussetait tous les jours, ça, jamais ! Elle se sentait personnellement visée. « Cela ne se serait pas passé ainsi du temps du « pauvre Monsieur », disait-elle. (Le « pauvre Monsieur » était le père de M. Skinner). Dans ma jeunesse, on avait de l'éducation ! » Et elle classait certainement Miss Mary qui était là et n'avait rien empêché, dans la catégorie des gens mal élevés.

François écrivit encore quelques remarques, se relut, bâilla. Cette fois, il était grand temps de se mettre au lit. Mais comme il avait un peu chaud, il alla ouvrir la fenêtre et entrebâilla les volets. Dommage que le jardin ne fût pas mieux soigné ! M. Skinner avait pourtant les moyens de se payer un jardinier, maintenant. S'il avait traversé une période de gêne, grâce à M. Merrill, désormais, il était renfloué. La lueur lointaine d'un lampadaire poussait de pâles reflets entre les massifs et éclairait vaguement l'allée. Et soudain, François se rejeta en arrière : il y avait une ombre dans le jardin.

Très ému, François avança la tête avec précaution. Non ! Ce n'était pas le voleur qui revenait. C'était... Miss Mary qui partait. Sa silhouette était parfaitement reconnaissable, ses cheveux blonds notamment. Elle se dirigeait vers la grille, portant une sorte de paquet. François écarquillait les yeux. C'était une valise. Impossible de s'y tromper. C'était bien une valise. Mais comment croire que Miss Mary pût partir ainsi, en pleine nuit, à l'insu de tous ? Cela ne lui ressemblait guère.

François n'hésita pas. Sans même prendre le temps d'enfiler un pantalon et des pantoufles, il sortit dans le couloir à pas de loup, descendit silencieusement l'escalier, traversa le vestibule et constata que la porte d'entrée était entrouverte. Miss Mary avait donc l'intention de revenir !... Alors, où allait-elle, avec sa valise ? Une seconde, François se dit qu'il avait tort, que les agissements de la jeune femme, après tout, ne le regardaient pas et qu'un invité doit, en toute circonstance, se montrer discret. Mais il était l'invité, d'abord, de M. Skinner et il avait le devoir d'intervenir secrètement s'il remarquait quelque chose d'insolite, dans la maison de son hôte, surtout après ce qui s'était passé. Or, la conduite de Miss Mary était plus que bizarre.

Les feuillages créaient des zones d'ombre propices à une filature. François se rapprocha sans bruit. Miss Mary s'immobilisa devant la grille, mais, au lieu de l'ouvrir, elle posa sa valise sur le sol et attendit. François se cacha derrière un marronnier. En pyjama, il n'avait pas chaud, mais sa curiosité était devenue telle qu'il ne pensait plus à rien. Qu'allait faire Miss Mary ? Il la distinguait mieux et s'aperçut qu'elle était en robe de chambre. Soudain, François comprit : quelqu'un allait venir.

Il ne fut pas surpris quand une ombre apparut, de l'autre côté de la grille, et se dessina

tout contre les barreaux. Malheureusement, la lumière du réverbère n'était pas assez forte pour qu'il fût possible de distinguer un visage. La silhouette était celle d'un homme d'assez grande taille. Miss Mary prononça quelques mots, puis elle saisit la valise, qui semblait légère, et essaya de la faire passer entre les barreaux. L'homme l'aida en comprimant les flancs de la petite mallette, et celle-ci fut bientôt entre ses mains. Il s'éloigna aussitôt et sembla fondre dans l'obscurité.

Miss Mary ne bougeait plus. Deux ou trois minutes s'écoulèrent, puis une auto démarra, au bout de la rue. Miss Mary écouta encore. Enfin, elle revint vers la maison et passa tout près de François accroupi. Elle se tamponnait les yeux avec un mouchoir dont la blancheur tranchait sur son profil à contre-jour. Elle pleurait...

Elle pleurait ! François demeurait cloué par la surprise. Qu'est-ce que tout cela signifiait ? Qui était cet homme ? Un complice ? Mais complice de quoi ? Le mot lui-même était insultant. Comme si Miss Mary était capable de commettre quelque action basse ! Il se remit en marche, sans se presser, pour donner le temps à la jeune femme de regagner la maison. Mais soudain un bruit familier le fit sursauter. Miss Mary venait de refermer la porte à clef. Il venait d'entendre le claquement du pène. Il était bel et bien coincé dans le jardin !

Non. C'était trop bête ! Il courut sur la pointe des pieds, manœuvra en vain la poignée. Hélas !... Sonner ? Il faudrait alors tout raconter. Quelle honte ! Rester sur le perron jusqu'au matin et se faufiler dans la place dès qu'on aurait tiré les verrous ? Dans le brouillard de l'aube ? Un coup à attraper une pneumonie.

Non ! « Imbécile ! Ganache ! Crétin ! » Mais François avait beau s'insulter, cela ne calmait point son inquiétude.

Comme un chat perdu, il tourna autour de la maison, sautillant sur le gravier des allées qui lui meurtrissait les pieds. La porte de la cuisine était également verrouillée, et tous les volets soigneusement clos. Il se retrouva devant le perron, transi et de plus en plus livré à l'angoisse. Qu'allait-il devenir ? Il s'assit sur la plus haute marche.

« Sans-Atout, mon vieux, pensa-t-il, c'est le moment de te manifester ! »

Il se sentait affreusement coupable, maintenant. Et le moyen de se disculper ? Oserait-il prétendre qu'il souffrait, parfois, de somnambulisme ? C'était ridicule. Il se massa les pieds, puis se frotta vigoureusement les bras et les côtes pour se réchauffer. Quelle idée il avait eue de suivre Miss Mary ! A cette heure, s'il n'avait pas été si romanesque, il dormirait dans la tiédeur du lit.

Mais, au fait, il y avait une fenêtre ouverte : la sienne. Pardi ! Rien n'était perdu.

Il dévala le perron et prit du recul pour mieux déchiffrer la façade. Pas de tuyau de descente. Pas de saillies. Mais il y avait le lierre qui tapissait inégalement le mur. Et si ce lierre était suffisamment solide...

Il s'approcha pour tâter les branches noueuses, à travers le rideau des feuilles. Quoi ! Il ne s'agissait que d'une ascension de trois mètres, quatre au plus. Il se suspendit à une branche, en éprouva de tout son poids la solidité. Cela tenait, mais les feuilles s'agitaient violemment et faisaient comme un envol de pigeons. Tant pis pour le bruit !

La folle équipée

Les mains trouvaient assez facilement des prises parce qu'elles pouvaient tâtonner et savaient interroger le bois et la pierre, mais les pieds, beaucoup moins intelligents, suivaient mal. Ils raclaient le mur, dérapaient, arrachaient des feuilles, et parfois ruaient dans le vide. François sentait alors tout le poids de son corps qui le tirait vers le bas. Une chute ne serait pas très dangereuse, ni peut-être très bruyante, mais il n'aurait pas le courage de recommencer l'escalade, parce que le froid le gagnait. Toute l'humidité cachée dans l'épaisseur du lierre se communiquait à sa poitrine, à son ventre. Son pyjama, complètement trempé, collait à ses cuisses et entravait ses mouvements. Il haletait.

Le bord de la fenêtre n'était pas encore en vue. Il s'arrêta un instant, suspendu à ses doigts et à ses orteils, la gorge brûlante. Il avait beau se répéter : « Je peux... Je peux... », il arrivait au bout de ses forces. Il reprit pourtant sa reptation verticale, lentement, lourdement. A mesure que le lierre montait, ses multiples branches s'amincissaient, devenaient moins noueuses, plus glissantes. Il fallait chercher des points d'appui à gauche et à droite, progresser en zigzags. Le sol était loin. Le danger grandissait. Par chance, alors que le rez-de-chaussée était construit en pierres de taille à la surface lisse, le premier étage, d'un matériau plus léger, offrait une espèce de meulière bosselée et poreuse sur laquelle les pieds s'accrochaient plus facilement. Tête levée, mais pas trop, afin de garder l'équilibre, François mesura la distance qu'il devait encore franchir. Il arrivait juste sous le rebord de la fenêtre, ce qui allait compliquer sa tâche, car il ne voyait pas comment franchir ce redan.

Faire un rétablissement ? Non. Ce serait trop dur. Il n'était pas Tarzan. La seule solution était d'obliquer, de dépasser la fenêtre et, ensuite, de se rabattre obliquement pour prendre pied sur le bord inférieur. Mais François, bientôt, se rendit compte que cette manœuvre présentait de gros risques. Ecartelé en étoile le long du mur, il resta un moment suspendu, incapable de ramener à lui sa jambe gauche, qui n'obéissait plus. Il en avait les larmes aux yeux, de colère, d'impuissance et de peur. Enfin elle osa se décoller et, pour ainsi dire, le rejoindre. C'était une étrange impression d'être servi par des membres qui semblaient avoir conquis leur indépendance. Il fallait presque parlementer avec eux, leur parler comme à des bêtes aimables mais capricieuses. La main droite s'en allait sous les feuilles, palpait, s'arrêtait. « Plus loin ! Va plus loin !... Je tiens bon... » La main hésitait, lâchait sa prise, s'affolait, revenait précipitamment... Pendant ce temps, le pied droit donnait du souci. Il était agité d'un brusque tremblement et s'insurgeait contre la souffrance, car la pierre râpeuse écorchait la peau mouillée.

Avec une attention aiguë, François était présent partout à la fois et, s'encourageant, se suppliant ou s'insultant, il parvint à se hisser à la hauteur de la fenêtre. Un dernier coup de reins. Les doigts qui se referment sur la barre d'appui. Le corps qui bascule enfin dans la chambre. Les murs tournoient. Le sang cogne dans les artères. C'est fini. Est-ce possible ? Je suis arrivé. Je suis chez moi. Le mot de Mrs. Humphrey lui revint en mémoire : « Dans ma jeunesse, on avait de l'éducation. » Il se mit à rire, nerveusement. Toute son angoisse s'en allait comme une humeur maligne qui s'échappe d'un abcès. Il était déjà prêt à se moquer de ce qui, en somme, n'avait été qu'une mésaventure. Et elle avait raison, la brave Mrs. Humphrey. Il faut être bien mal éduqué pour rentrer chez soi par escalade.

Il se leva et, en boitillant, alla allumer sa lampe de chevet. Il examina les dégâts. Ce n'était pas trop grave. Une légère coupure à l'orteil droit ; une écorchure à la main gauche. Plus de peur que de mal. Il revêtit un pyjama sec, après s'être frictionné, et se coucha. Merveilleuse chaleur du lit ! Mais s'il avait espéré trouver un prompt sommeil, il s'était bien trompé. La fatigue l'empêchait maintenant de dormir et, agissant comme un alcool, donnait au contraire à ses réflexions une acuité presque douloureuse.

Car il était bien obligé de se demander pourquoi Miss Mary, en pleine nuit, avait rendez-vous avec quelqu'un. Et pourquoi elle lui donnait une valise. Que contenait cette valise ?... Y avait-il un lien entre cette étrange sortie et le cambriolage ?... Et si les objets volés s'étaient trouvés dans la valise ?... D'abord, ce n'était pas précisément une valise, mais plutôt une mallette plate, à peine plus volumineuse qu'un

attaché-case. Le petit éléphant, la main, le poignard et les pistolets pouvaient y tenir à l'aise. Mais dans ce cas ?...

« Allons, mon vieux Sans-Atout, pensa François va jusqu'au bout. Si tu raisonnes juste, tu dois admettre que le cambriolage de la nuit dernière a été simulé ! »

C'était absurde ! C'était choquant ! Et pourtant... Après tout, c'était la jeune femme qui avait donné l'alarme, qui avait prétendu avoir entendu du bruit. Alors, pourquoi n'aurait-elle pas elle-même découpé la vitre ? « Travail d'amateur », avait dit l'inspecteur. Travail hâtif, fait par quelqu'un de pressé. Miss Mary savait bien qu'elle ne courait pas grand risque, puisque c'était elle qui habitait au-dessus du salon ; c'était elle seule que le bruit aurait pu réveiller... A partir de cette hypothèse, tout se tenait. Miss Mary, après avoir fracturé la fenêtre pour faire croire qu'on est venu de l'extérieur, emporte les objets qu'elle dissimule dans sa chambre, et donne l'alerte. Les garçons sont persuadés qu'un cambrioleur est en train d'opérer. D'ailleurs, ils entendent même du bruit. Ce n'est qu'un volet qui bat, mais comment Morrisson douterait-il de leur témoignage ?

François envoya promener ses couvertures et alla boire un grand verre d'eau. Mais il ne réussit pas à calmer l'agitation de sa pensée. Car la conclusion qui se formait d'elle-même dans son esprit était monstrueuse : Miss Mary était la complice de quelque chose. Mais de quoi ? Elle n'avait pu participer au vol du dossier rouge, puisqu'elle se trouvait chez elle quand les documents avaient été emportés : Bob l'avait eue au téléphone. Et les objets qu'elle avait fait passer à l'inconnu, toujours par hypothèse, lui appartenaient déjà, puisqu'elle devait épouser bientôt M. Skinner. Enfin, si l'inconnu était l'homme qui avait blessé l'ingénieur, Miss Mary aurait eu partie liée avec l'agresseur de son futur mari ? Cela devenait délirant !

Mais parce que cette idée était délirante, elle commençait à obséder François comme un cauchemar. Il la tournait et la retournait, et sa curiosité était plus forte que sa répugnance. Il sentait qu'il avait découvert quelque chose d'important, et en même temps il avait l'impression de faire fausse route. Le vrai et le faux formaient un nœud inextricable. Etait-elle coupable ? Innocente ? Et pourquoi pleurait-elle ? La faisait-on chanter ? Agissait-elle sous la menace de quelque infamante révélation ?... Mais, dans ce cas, on aurait exigé d'elle de l'argent. Pas un éléphant ? Pas une main de marbre ?... A force de formuler des suppositions plus abracadabrantes les unes que les autres, François finit par s'endormir.

A son réveil, toutes les pensées qu'il avait remuées lui parurent profondément absurdes, mais, s'il réussit à les chasser, il n'en éprouva pas moins un certain malaise. Il se leva. Il était raide, ankylosé. La paume de sa main gauche était un peu enflée. Une séance de gymnastique de vingt minutes le remit d'aplomb. Il tira les rideaux. La pluie tombait d'un ciel bas. Etrange climat, d'une étonnante versatilité. La journée n'allait pas être bien gaie. Il descendit à la salle à manger, où il trouva Miss Mary.

Bien coiffée, impeccable dans son pull-over et sa jupe de tweed, elle avait la netteté, l'aisance des gazelles que François avait vues, la veille, au parc zoologique. Souplesse de la démarche, élégance coulée des mouvements, et, au fond des yeux, la mélancolie voilée des êtres qui ont perdu leur liberté. « Compris !, pensa François. Je continue à dérailler. » Il s'appliqua à être enjoué, fit honneur au petit déjeuner, tandis que Miss Mary appelait l'hôpital. Bob arriva à son tour.

— Salut !
— Salut.
— Bien dormi ?
— Merveilleusement, dit François avec aplomb.
— Tu as vu le temps ? Nous sommes bons pour le British Museum. Quelle barbe !... Et si on allait chez Mme Tussaud. C'est notre Musée Grévin. Il y a, au sous-sol, un cabinet des horreurs formidable. Hein ?

Bob fit part de son idée à Miss Mary qui revenait, et qui parut la trouver d'un goût discutable.

— Vous irez seuls, dit-elle. Moi, toutes ces scènes de crimes me rendent malade. Et puis le moment me paraît mal choisi... Je viens d'avoir l'infirmière. Jonathan a passé une bonne nuit. L'opération est toujours décidée pour demain. A mon avis, voici ce que nous pourrions faire. D'abord, bien sûr, passer à l'hôpital et puis, après, liberté pour chacun. Je ne veux pas m'imposer. Vous dénicherez bien un bon petit restaurant italien ; ce sont les meilleurs. Et vous disposerez de l'après-midi à votre guise. Tout ce que je vous demande, c'est d'être rentrés pour sept heures.

Elle baissa la voix, à cause de Mrs. Humphrey :

« D'accord ?
— D'accord !

Elle regardait les garçons en souriant et il y

avait, dans ce sourire, quelque chose de si frais, de si spontané, une telle confiance, aussi, que François sentit fondre ses soupçons. Il avait rêvé, voilà tout. Mais la petite fièvre qui battait dans sa main lui rappelait son équipée de la nuit. Alors, c'était une autre Mary qu'il avait vue. Celle qui était là avait la transparence du cristal. Il y avait une Mary pour le jour et une autre pour la nuit. Il y avait une innocente et une coupable !

— On part dans une demi-heure, ajouta la jeune femme.

Bousculade dans le cabinet de toilette. Bob taquin, plein d'entrain ; François réservé.

— Miss Mary n'aurait pas un frère, par hasard ?

Bob, qui essayait de peigner ses cheveux rebelles, et faisait d'affreuses grimaces, répondit :

— Un frère ? Non, mon vieux. Ni frère, ni sœur. Tu as des idées bizarres, ce matin.

— Elle travaille ?

— Non. Elle a hérité d'une belle petite propriété et de quelques rentes, la veinarde... Moi, c'est ce qu'il me faudrait. Des rentes ! Une Aston-Martin, enfin, tu vois le genre ! Malheureusement, mon père pense autrement. C'est un matheux, papa. Alors, il faut que je devienne, moi aussi, un matheux.

Un coup de klaxon dans le jardin les rappela à l'ordre. Ils achevèrent de s'habiller et rejoignirent Miss Mary.

— C'est un tacot, souffla Bob, au moment de grimper dans l'imposante voiture. Ça tape à peine les 170 !

La pluie crépita sur le toit. François, à travers le pare-brise embué, ne reconnaissait pas le chemin suivi la veille. Et puis la conduite à gauche bousculait toutes ses habitudes. Bob poursuivait son bavardage.

— Tu vois, ce qui serait chouette, ce serait de peindre. Moi, j'aimerais ça, être décorateur, travailler pour le théâtre ou le cinéma. Mon prof de dessin dit que je devrais continuer. Je te montrerai des choses que j'ai faites. Je n'en parle pas souvent parce qu'à la maison il n'y en a que pour les automates.

Il se pencha vers l'oreille de François et, d'un petit coup de menton, désigna, devant eux, Miss Mary qui, les sourcils froncés, surveillait la rue.

— Et puis, elle est du côté de papa, contre moi. Alors, je suis obligé de peindre en cachette... Je te montrerai.

Ils ne tardèrent pas à virer dans la cour de l'hôpital où ils aperçurent, à l'extrémité du parking, la vieille Morris de M. Skinner. Un instant plus tard, ils pénétraient dans la chambre du blessé. Celui-ci avait été rasé et l'on voyait mieux l'affaissement de ses traits, la pâleur de ses joues. Il tendit vers les arrivants une main maigre qui tremblait un peu. Miss Mary examina, suspendu au pied du lit, le graphique de la fièvre.

— 37°7. C'est très bien !

— Oui, dit-il avec effort, je vais m'en tirer. Ça va, jeunes gens ? Ne vous inquiétez pas pour moi. Amusez-vous. Et ne vous croyez pas obligés de venir ici chaque jour. J'offre un spectacle peu réjouissant.

— Oh, papa, dit Bob.

— Mais si. Et François n'a pas à devenir garde-malade. Je veux que vous sortiez le plus possible, tous les deux. Aussi, vous allez me faire le plaisir de décamper, et tout de suite.

Où comptez-vous aller ?

— Au Musée Tussaud, intervint Miss Mary, d'un ton désapprobateur.

— Pourquoi pas ? C'est un endroit amusant. Tu as de l'argent, Bob ?

— Oui. J'ai tout ce qu'il faut.

— Eh bien, allez vous promener... Bonne journée !

Et ils étaient si jeunes, tous les deux, si pleins de vie et si avides de liberté, qu'ils éprouvèrent ensemble un lâche soulagement de quitter la chambre. Leur sortie fut si prompte qu'ils faillirent bousculer un homme, devant la porte. Celui-ci leur tourna hâtivement le dos et se dirigea vers le fond du corridor.

— Tu viens ? dit Bob.

François, qui avait fait quelques pas, s'arrêta et retint Bob par la manche.

— Ce type... Il avait l'air d'écouter à la porte.

— Oh ! Tu crois ?

— Alors, veux-tu m'expliquer ce qu'il faisait là ?

Ils arrivaient devant la loge vitrée où, nuit et jour, une infirmière de garde se tenait en permanence. Le corridor cédait la place à un hall décoré de plantes vertes, qui communiquait avec une cour intérieure par une porte à double battant. François jeta un dernier coup d'œil en arrière.

— Tu peux m'expliquer ce qu'il fabrique, maintenant, au fond de ce couloir. Pourquoi n'entre-t-il dans aucune chambre ?

L'homme, peut-être pour se donner une contenance, alluma une cigarette, en même temps qu'il amorçait un demi-tour, de sorte que, en moins d'une seconde, ils le virent de profil, puis de face. La flamme de son briquet éclairait suffisamment son visage pour qu'aucune erreur ne fût possible. Bien qu'il ne portât ni barbe, ni moustache, c'était l'homme qui était venu à la maison en l'absence de M. Skinner. C'était le voleur !

— Il était déguisé, murmura Bob.
— Oui... Grouillons !

Ils gagnèrent rapidement la sortie.

— Qu'est-ce qu'on fait ? dit Bob. Il ne faut pas qu'il nous échappe. On prévient un policeman ?

— Tu en vois un ?... Et puis, le temps qu'on lui explique... Non. Si on le suivait ?

Ils débouchèrent sur le jardin, devant la grande entrée de l'hôpital. A cause de la pluie, il était désert.

— On ne peut pas rester plantés là, reprit François. Il va nous repérer.

— L'auto de papa, dit Bob. Elle est au bout du parking, tu te rappelles ?

Courant sous l'averse, ils allèrent se réfugier dans la vieille Morris. Les clefs étaient toujours au tableau. Bob mit le contact et déclencha les essuie-glace. De leur poste d'observation, ils apercevaient assez nettement le porche où l'homme n'allait sans doute pas tarder à paraître, car la sortie inopinée des deux garçons avait dû l'alarmer.

— Qu'est-ce que je disais ! s'exclama François. Le voilà ! Et il n'y a pas d'hésitation, c'est bien lui.

L'homme inspectait d'un air méfiant le jardin. Il jeta sa cigarette, sortit de sa poche un petit trousseau de clefs qu'il fit sauter dans sa main.

— Bon sang, dit Bob. Nous aurions dû le prévoir. Il a une voiture. Qu'est-ce qu'on fait ?

— Tu te sens capable de conduire ?

— Mais je n'ai pas de permis.
— Il s'agit de ton père !
— Bon, j'essaie, fit Bob. Mais ça va mal finir !
Le moteur partit au premier coup de démarreur. Ils le laissèrent chauffer pendant que l'inconnu traversait le jardin en direction du parking. Il ouvrit la portière d'une Austin et s'installa au volant.

— Commence à reculer... doucement, ordonna François. C'est très bien. Tu manœuvres comme un grand... Tu le vois, maintenant ?... Tâche de le suivre de près. Avec cette pluie, sa vitre arrière est sûrement couverte de buée. Il ne s'apercevra de rien.

L'Austin, au moment de virer dans l'avenue faillit accrocher une camionnette.

— Il ne conduit pas mieux que moi, dit Bob.
— C'est un étranger, observa François après quelques instants. Il n'a pas l'habitude de conduire à gauche.

Et, en effet, l'Austin avait tendance à rouler au milieu de la chaussée, ce qui provoqua, au premier carrefour, plusieurs coups d'avertisseurs.

— Tu sais dans quelle direction on va ? demanda François.
— Pas la moindre idée. J'ai déjà assez de mal à ne pas perdre notre type de vue, tu sais. Je ne peux pas être à la fois pilote et navigateur... Quand tu apercevras un bus, signale-moi son numéro.

L'homme, en dépit de sa maladresse, roulait vite, dès que la circulation devenait moins dense, et Bob le suivait à grand-peine. Si, par malheur, un feu rouge venait à s'interposer, c'en serait fini de la filature. François, crispé, surveillait la rue, essayait de repérer un monument, et il devait, sans cesse, avec son mouchoir, essuyer le pare-brise qui s'embrumait. Les bus à impériale passaient, comme de grandes ombres ; impossible de les identifier.

— On est sur un pont. Il y a des lignes de chemins de fer.

Bob ne répondit pas. Il s'appliquait tellement que la sueur perlait à la racine de ses cheveux. L'Austin doubla un camion. Bob voulut la suivre, mais une voiture survint et il se rabattit, se trompa dans ses vitesses, jura, repartit dans un hurlement de moteur surmené. Presque à l'aveuglette, dans la poussière d'eau soulevée par le camion, il passa, fit une queue de poisson qui provoqua, derrière, un puissant grincement de freins.

— Je le vois ! cria François.

Les maisons étaient moins hautes. Les jardins faisaient leur apparition. On arrivait dans une banlieue, mais laquelle ? L'Austin filait toujours bon train. Le ciel était devenu si sombre que les voitures allumaient leurs veilleuses. Les feux de position de l'Austin brillaient, maintenant, à trente mètres. Bob considérait sa jauge d'essence avec inquiétude.

— Je me demande, dit-il, si on ne va pas tomber en panne sèche. Papa ne songe jamais à prendre de l'essence.

— Espérons que le type n'habite pas trop loin... Combien a-t-on fait de kilomètres ?

— Je n'ai pas songé à regarder le compteur, au départ. Mais pas plus de sept ou huit, à mon avis.

Ils longeaient maintenant des entrepôts, des murs d'usine, puis ils traversèrent un quartier tranquille de petites maisons à un étage, toutes semblables.

— J'ai beau habiter Londres, dit Bob. Je ne reconnais pas le coin. On doit être dans la banlieue nord.

L'Austin tourna brusquement à gauche. Bob, surpris, freina en oubliant de débrayer. Le moteur cala. Le temps de le remettre en marche, de manœuvrer, l'Austin n'était plus en vue. Mais la petite route qu'ils suivaient maintenant filait toute droite, sans aucun embranchement, entre des vergers, des jardins, par endroits des terrains vagues. Bob accéléra. François, contracté, crispait ses mains au tableau de bord. Il n'osait pas conseiller à Bob d'aller moins vite, mais il savait que, si un obstacle se présentait, avec cette route détrempée, ce serait l'inévitable dérapage. C'est ce qui faillit se produire, quelques minutes plus tard, quand l'Austin apparut, stoppée sur le bas-côté. Bob freina brutalement. La voiture se mit à tanguer, partit sur la droite, revint à gauche. Bob se cramponnait au volant, les yeux lui sortaient de la tête. Il rasa le mur d'une propriété, changea de vitesse en faisant craquer horriblement les pignons et la vieille Morris consentit enfin à stopper, presque en travers du chemin. Les deux garçons se regardèrent. Ils étaient plus blêmes l'un que l'autre.

— Evidemment, dit Bob d'un air piteux ; ça ressemble un peu trop à du rodéo. Je crois que j'ai eu un peu peur.

— Moi aussi, avoua François.

Bob, avec précaution, rangea la voiture, puis, bien encapuchonnés, ils sortirent dans le vent et la pluie. Il n'y avait plus personne dans l'Austin. L'homme avait dû entrer dans un petit parc au fond duquel on distinguait confusément une maison à un étage. François souleva le loquet d'une porte grillagée. La porte s'ouvrit.

— Pas besoin d'entrer à deux, chuchota-t-il. Attends-moi dans l'auto et tiens-toi prêt à démarrer. Moi, je vais jeter un coup d'œil.

Le projet était un peu fou et François ne l'ignorait pas. Il avait affaire à un homme décidé, qui n'avait pas hésité à tirer sur M. Skinner. La prudence aurait voulu que... Mais François ne s'appartenait plus. C'était Sans-Atout, désormais, qui menait le jeu. Et Sans-Atout pénétra hardiment dans le parc, passant rapidement d'un arbre à l'autre, et surveillant la maison silencieuse à travers les hachures de la pluie. Elle semblait abandonnée. Pourtant, l'homme était là, sans aucun doute. Sans-Atout regarda l'heure à son poignet : presque midi. Sur la pointe des pieds, il franchit en courant l'espace qui s'étendait devant le perron.

La demeure ressemblait beaucoup à celle de M. Skinner. L'entrée de l'office devait se trouver de l'autre côté. Sautant entre les flaques, il contourna le petit hôtel et découvrit tout de suite la porte de la cuisine, qui était entrouverte. Peut-être l'homme était-il en train de déjeuner ? Rasant le mur, le visage trempé, Sans-Atout s'approcha. La cuisine était vide.

Il entra. La pièce était meublée sommairement. Il n'y avait même pas de frigidaire. Et l'on ne devait pas balayer souvent ! Une autre porte ouvrait sur le hall. Sans-Atout écouta. Un bruit rassurant le renseigna : quelqu'un, au premier, tapait à la machine. L'ennemi était localisé. Tant qu'il taperait, Sans-Atout ne courrait aucun risque, car, de toute évidence, il n'y avait pas de domestiques. La maison était trop mal tenue !

Sans-Atout commença sa visite, avec des précautions de Peau-Rouge. La salle à manger, banale à pleurer, avec son buffet imitation Régence et ses gravures bon marché représentant des chasses à courre ; le salon, qui sentait le moisi et l'abandon, et enfin un petit bureau... Coup au cœur ! La valise était là, sur la table, entre le téléphone et un annuaire. C'était sûrement elle, mallette plus que valise, et juste assez plate pour passer entre les barreaux d'une grille. Il l'ouvrit. C'était bien cela. La main de marbre, les pistolets, le poignard, l'éléphant... pêle-mêle, comme des objets hâtivement réunis. Sans-Atout l'empoigna sans hésiter. Avec cette mallette, il allait pouvoir... Quoi ? Confondre Miss Mary ? Il ne savait pas encore. Il était trop bouleversé. La complicité de la jeune femme était évidente, puisque l'homme qui tapait à la machine était, vraisemblablement, le bandit qui avait blessé M. Skinner. Mais il faudrait peut-être attendre...

Les idées se bousculaient dans sa tête. Vite ! S'en aller, d'abord. Et aviser, plus tard. Il revint dans le hall, et ce fut le drame, au moment où il se dirigeait vers la cuisine. Il avait laissé derrière lui toutes les portes ouvertes, pour battre en retraite plus facilement. Mais un brusque courant d'air se produisit, qui fit violemment claquer, quelque part, une fenêtre. Le bruit de la machine à écrire s'arrêta. Un pas lourd retentit.

Sans-Atout se lança, à corps perdu, dans le jardin. Il courait maladroitement, avec cette mallette qui le déséquilibrait. L'autre allait surgir, sans doute tirer, comme il avait tiré sur M. Skinner.

« J'avais bien besoin de me fourrer dans ce guêpier », pensait Sans-Atout.

Il atteignit la grille, se retourna. L'homme

fonçait, droit devant lui, faisant gicler l'eau des flaques. Sans-Atout se précipita vers la voiture, y jeta la mallette.

— Grouille !... Il ne faut pas qu'il nous rattrape.

Le moteur, bien chaud, partit au quart de tour. Bob démarra.

— Tu vas n'importe où ! cria Sans-Atout. Ce qui compte, c'est de le semer.

— Tu me prends pour Jacky Stewart !

Sans-Atout, à genoux sur le siège, pour mieux surveiller la route derrière eux, vit l'homme s'engouffrer dans l'Austin.

— Tâche de revenir vers Londres. S'il nous rejoint, il n'osera pas nous attaquer.

Le premier virage, pris en catastrophe, le jeta contre la portière. Il approuva :

— Très bien. Continue comme ça !

Mais l'Austin ne tarda pas à se montrer et elle allait vite, à en juger par le nuage d'eau qui l'enveloppait

— J'ai récupéré les pistolets, l'éléphant et le reste, dit Sans-Atout. Rien ne manque... Holà !

Ils venaient de frôler un camion.

— Si j'avais mon Aston-Martin, soupira Bob.

L'inexplicable enlèvement

— Tourne toujours à droite, lança Sans-Atout. Il a tendance à couper les virages. Il va sûrement se faire emboutir.

Mais cette tactique ne tarda pas à les égarer complètement ; tantôt ils roulaient dans des rues et avaient l'impression de se rapprocher du centre ; tantôt, au contraire, ils se trouvaient en pleine campagne, et l'Austin, alors, forçait l'allure. Le malheureux Bob n'en pouvait plus de lutter de vitesse. Il avait beau être très adroit, il manquait d'entraînement ; l'Austin ne fut bientôt plus qu'à une centaine de mètres. Et soudain, le clignotant rouge de la jauge s'alluma. Il n'y avait plus d'essence. Cette fois, ils étaient perdus. Mais, juste à ce moment, la manœuvre imaginée par Sans-Atout les sauva. Bob vira à droite et le poursuivant, oubliant de se tenir dans le couloir de gauche, reprit machinalement sa droite pour serrer la corde. Il se rappela trop tard qu'il commettait une grave faute de conduite. Il voulut revenir à sa main. Trop tard ! Le puissant camion qui surgit tout à coup en sens inverse l'accrocha à l'arrière et Sans-Atout vit l'Austin faire un tête-à-queue. Puis le virage lui cacha le reste de la scène.

— Il vient de ramasser une bûche, dit Sans-Atout. Tu peux ralentir.

— C'est grave ?

— Je ne crois pas. Mais, de toute façon, il est immobilisé pour un bout de temps.

— Tu penses qu'il a pu nous identifier ?

— Certainement pas. S'il s'était rendu compte qu'il était filé, il ne nous aurait pas conduits à cette maison. Et il nous a poursuivis de trop loin ; avec cette pluie, il ne devait guère distinguer que nos feux arrière... N'importe comment, ton père n'est pas seul à posséder une Morris.

— Tu as raison.

A leur grande surprise, le moteur tournait toujours. La jauge devait être déréglée. Ils atteignirent une station-service et firent le plein.

— Où est-on ici ? demanda Bob.

— A Hatfield.

— Hatfield !... Incroyable !

— C'est où ? dit Sans-Atout.

— Dans le nord-ouest de Londres. Je ne suis jamais venu par là.

— Tu sais comment revenir ?

— Oui. Ce n'est pas très difficile. Mais j'aimerais bien savoir quel trajet nous avons suivi.

Et ils durent s'avouer incapables de répondre à cette question, pourtant capitale. A aucun moment, ils n'avaient fait attention à leur direction. Poursuivants, ils n'avaient songé qu'à coller à l'Austin, et, poursuivis, ils n'avaient eu qu'une idée : lui échapper. Bob proposa de manger quelques sandwiches dans le premier restaurant rencontré. Ils en trouvèrent un à leur convenance dans Hatfield, et se détendirent devant une table bien servie.

— Je n'en peux plus, déclara Bob. J'ai souvent tenu le volant, mais en pleine campagne et sans jamais aller vite. Alors, tu penses !

François ne l'écoutait que d'une oreille. Il se

demandait s'il devait dire la vérité. Mais ce serait accabler Miss Mary ! Et, par ricochet, M. Skinner et Bob. La vérité détruirait ce foyer sur le point d'être reconstruit. Il n'avait pas le droit, lui, l'étranger, l'invité, de prendre une telle initiative. Et pourtant il était en possession — et lui seul — de renseignements qui permettraient certainement à l'inspecteur Morrisson de remonter jusqu'au criminel.

— Tu n'as pas faim ? dit Bob.

Non ! François n'avait plus faim. Il sentait, pour la première fois, ce que c'est que la responsabilité.

— Moi, reprit Bob, voilà ce que je propose : on la ferme ! Premièrement, j'ai conduit sans permis. Deuxièmement, nous avons repéré la maison où se cache le voleur, mais nous ne savons pas où elle est ; nous serions incapables de la retrouver. Troisièmement, tu es entré en cachette dans une propriété privée, ce qui est un délit puni par la loi. Quatrièmement, nous avons été la cause indirecte d'un accident... Si je comprends bien, nous n'avons pas cessé de faire des choses idiotes ou interdites, et nous ne sommes guère plus avancés qu'avant. Alors, il vaut mieux la boucler. Tu vois la tête de Morrisson, si nous lui racontions tout ça !

— Mais... la mallette ?

— Eh bien, laissons-la dans l'auto, au moins provisoirement. Je vais ramener la voiture au parking et le tour sera joué. Personne n'y pense plus, à la vieille Morris. La mallette sera en sûreté.

— Soit, dit Sans-Atout. Mais Miss Mary va m'interroger sur le Musée Tussaud.

— Eh bien, on va le visiter. On a le temps !

François fut soulagé de n'avoir pas de décision à prendre tout de suite, car il se sentait un peu perdu.

— Nous mentirons à peine, assura Bob. Et même nous ne mentirons pas du tout !

N'empêche qu'il y avait un malfaiteur en liberté, qui pouvait encore nuire. Et cette idée ne cessa de tourmenter François tandis qu'ils revenaient vers Londres à une allure de corbillard pour éviter tout incident. La pluie continuait de les servir. Quand ils rangèrent la voiture dans le parking de l'hôpital, personne ne les remarqua. Les rares passants s'abritaient sous des parapluies. Toutes les silhouettes, pareillement enveloppées dans des imperméables, se ressemblaient. Bob enferma la petite valise dans la malle et ils sortirent sans encombre.

— Qu'est-ce qui lui est arrivé, au juste, au type ? dit Bob.

— Je n'ai pas bien vu. Il a été heurté à l'arrière. Mais le virage était serré. Nous n'allions pas très vite. Quelques dégâts matériels, je pense.

— De sorte qu'on pourrait très bien l'avoir encore dans les pattes ?

— Peut-être !

François n'osait pas aller jusqu'au bout de sa pensée, mais il était évident que l'homme aux cheveux roux chercherait à reprendre cette mallette à laquelle il devait tellement tenir. Mais par quels moyens pourrait-il parvenir à ses fins ?...

Il y avait foule, chez Mme Tussaud, et François oublia vite ses craintes. Les scènes de composition lui parurent très amusantes. Gibet, bourreaux, criminels célèbres, oubliettes, cachots, tout cela ne l'impressionnait guère. Il était plus sensible aux éclairages savants et dramatiques, aux poses théâtrales des mannequins. Le spectacle était gentiment horrible et valait d'être vu. Ce qui était beaucoup plus original, c'était la salle réservée à la Cour et aux personnages historiques. François fit connaissance avec la reine, le prince Philip, les hauts dignitaires, admira la tête, prodigieusement ressemblante, de Churchill. Un public respectueux faisait cercle en silence. Ici, le musée devenait église. Bob, blasé, tira François par la manche et chuchota :

— Le Planétarium, ça t'intéresse ?

Ce serait encore une heure de gagnée avant d'affronter le problème qui le rendait malade.

— Oui, j'aimerais.

Ils montèrent au Planétarium, qui ressemblait à celui du Palais de la Découverte à Paris. Même architecture, même poésie sèche des constellations, et, à peu de chose près, mêmes explications hérissées de chiffres vertigineux. Bob bâillait.

— Moi, les étoiles, dit-il, ça ne me touche pas beaucoup. Les vraies, on ne les voit pas souvent et, quand elles se montrent, je dors. En ce moment, je ferais bien un petit somme. Pas toi ? Tu n'es pas fatigué ?

Oh si ! François était rompu. Mais, surtout, il était accablé de tristesse. Miss Mary paraissait si nette, si incapable d'une mauvaise action ! Et pourtant, elle était la complice de l'homme à l'Austin. Et celui-ci était l'ennemi de M. Skinner. François, s'il parlait, trahirait la jeune femme ; et, s'il se taisait, il trahirait l'ingénieur. Dans tous les cas, il aurait le mauvais rôle. Restait une possibilité : rentrer en France. C'est-à-dire quitter la partie d'une manière honteuse, en laissant le mensonge triompher. Cette fois, il trahirait Bob, en l'abandonnant. Que lui importaient la Voie Lactée, les années-lumières, et l'univers en expansion, puisqu'il demeurait prisonnier de la famille Skinner !

— Je suis comme toi, dit-il. Je n'en peux plus.
— Eh bien, rentrons.

Ils prirent un autobus, arrivèrent pour le thé. Miss Mary était là.

— Mais vous êtes trempés ! s'écria-t-elle. Qu'est-ce que vous avez fait ?
— On a marché un peu, expliqua Bob.
— Allez vite vous changer.

Pleine d'une sollicitude qui n'était pas feinte. Souriante aussi. Tellement maîtresse d'elle-même ! Et ce regard bleu, franc, direct, qui se livrait jusqu'au fond ! François, le cœur lourd, changea de chaussures, revêtit un pantalon de flanelle et un pull bien chaud. Mais, avant de redescendre, il ouvrit son « cahier », hésita un moment. Il y avait tant de choses à noter ! Finalement, il écrivit le commentaire qui résumait le mieux sa pensée :

Je n'y comprends rien !

Il glissa le bloc au plus profond de l'armoire, sous ses chemises et ses mouchoirs.

Bob racontait la visite chez Mme Tussaud. Lui aussi était parfaitement naturel et, pour reprendre son mot favori : décontracté. A le voir beurrer ses toasts, qui aurait cru que, quelques heures plus tôt, il roulait, dans la banlieue, poursuivi par un homme prêt à tout..., le même homme qui, la nuit précédente... François prit, d'une main qui tremblait un peu, la tasse offerte par Miss Mary.

— Quels sont vos projets pour demain ? demanda-t-elle.
— Demain, répliqua Bob presque sèchement,

on opère papa... Alors, il n'y a pas de projets. Nous verrons... Si tout se passe bien, nous irons peut-être au British Museum.

— Bob, dit doucement Miss Mary, croyez bien que je suis aussi anxieuse que vous. Mais raison de plus pour faire des projets, comme si la vie devait toujours nous obéir. C'est donc entendu. Vous irez au British Museum. C'est la meilleure façon d'assister votre père, de lui prouver que vous êtes confiant. Il a tant besoin qu'on lui donne confiance !

Une seconde, elle faillit perdre son sang-froid. Il y eut, au coin de sa bouche, un imperceptible tremblement. Ah ! Savoir ce qui se cachait derrière ce masque de froide gentillesse ! A coup sûr, elle tremblait pour M. Skinner. Mais alors pourquoi livrait-elle, la nuit, ces objets absurdes à celui qui rôdait dans les couloirs de l'hôpital comme s'il préparait quelque nouvelle agression ?

Chantage ? L'idée de chantage s'imposait à François, bien qu'elle demeurât indéfendable. Cependant, l'imminence de l'opération lui permettait de ne rien décider encore. En un sens, elle tombait bien, cette opération. Il ne parlerait qu'après, s'il choisissait de partir. Aussi retrouva-t-il un peu d'entrain et était-il prêt à admirer les dessins de Bob, quand ce dernier l'emmena au grenier, en grand mystère.

Mais François fut sincèrement étonné : autant qu'il pouvait en juger, Bob avait plus que des dispositions. François s'était attendu à voir des croquis appliqués, scolaires ; et il était en présence d'esquisses qui affirmaient un vrai talent de caricaturiste. En quelques traits, Bob avait silhouetté de la manière la plus amusante Mrs. Humphrey. Les lunettes relevées sur le haut de la tête, la bouche amère, l'œil réprobateur, la pauvre gouvernante était plus vraie que nature. Et Miss Mary avait été exécutée avec la même verve. Ce n'était plus un .portrait. C'était le pilori. Chaque détail était exact, mais l'ensemble exprimait une indifférence dédaigneuse qui n'existait pas chez le modèle.

— Tu es dur, dit François. Mais tu as un sacré coup de crayon.

— C'est vrai ? fit Bob, ravi. Attends. Je vais te montrer mes profs.

Il n'était pas surprenant que Bob préférât cacher, à tous, ses dessins, excessifs, féroces, irrésistibles.

— Je croyais que tu peignais, reprit François.

— Quelquefois. Mais j'aime mieux ce genre. Ça va vite et c'est bien plus amusant.

— Mais, à Paris, tu ne m'avais pas mis au courant.

— Je n'ai pas osé. C'est méchant ce que je fais ; tu ne trouves pas ?

— Oui. Un peu.

— Ça me soulage. Après chaque portrait, je me sens heureux. Je ne sais pas bien expliquer cela.

— Moi..., tu ne veux pas me caricaturer, là, en vitesse ?

— Non. Pas toi. Parce que... parce que toi, je t'aime bien.

Ils parlèrent encore longtemps, et bientôt grandit entre eux une intimité qui n'avait plus rien de commun avec la camaraderie que le hasard seul des circonstances avait fait naître. La pluie crépitait sur le toit, à toucher leurs têtes, et déjà l'ombre du soir commençait à se glisser le long des poutres jusque vers les coins encombrés de vieilleries et de choses au rebut.

Assis par terre, jambes écartées, comme des gamins jouant avec des pâtés de sable, ils discutaient gravement, évoquaient l'avenir.

— Papa construit des marionnettes. J'ai bien le droit de faire des caricatures. Peut-être qu'en me perfectionnant, je pourrais entrer dans un journal..., ou bien me tourner vers le théâtre ; tu sais, les maquettes, ça me plairait bien.

Pauvre vieux Bob, qui ne se doutait pas que le malheur allait venir, comme cette nuit qui, maintenant, envahissait le grenier. Peut-être était-ce le moment de tout lui révéler ? Mais où prendre le courage de détruire cette merveilleuse entente ? Et ce fut la voix de Mrs. Humphrey qui la rompit : le dîner était prêt. Dommage ! Presque à tâtons, Bob remit ses dessins dans leur cachette et les deux garçons descendirent. Le dîner fut morne. Miss Mary, préoccupée, laissait tomber la conversation. François sentait ses yeux qui se fermaient. Deux nuits sans sommeil, ou presque. C'était plus qu'il n'en pouvait supporter. Aussi se retira-t-il dès que la bienséance le lui permit. Pas de méditations vaines, pas de notes ; demain, peut-être...

Et ce fut le lendemain, comme dans un conte de fée où il suffit de faire un vœu, même imprudent, pour qu'il soit aussitôt exaucé. Le coup de téléphone survint, alors que François était sous la douche. Il entendit vaguement tout un remue-ménage, des appels, et une brusque angoisse lui bloqua le cœur. Est-ce que M. Skinner ?... Mais le médecin était confiant. Et d'ailleurs, l'opération ne devait avoir lieu que plus tard, dans la matinée. Il arrêta la douche et achevait de s'habiller rapidement, quand Bob tambourina à la porte.

— Eh bien, entre.

Bob était si ému et si essoufflé qu'il ne pouvait parler.

— Papa... papa... enlevé !

— Comment ça ?

— Kidnappé, si tu préfères... Morrisson vient... de nous prévenir.

François accompagna son ami qui retenait difficilement ses larmes et trouva Miss Mary dans le bureau. Elle était assise, toute droite, devant le téléphone, le visage crispé, les yeux trop brillants. Elle murmura, d'une voix méconnaissable :

— Rien ne nous sera épargné.

Mais, puisqu'elle était la complice du gangster, elle devait bien être au courant de ses projets. Alors, pourquoi cet accablement ? Car elle ne jouait pas la comédie. Visiblement, elle était désespérée.

— Bob, dit-elle encore, il faut m'aider. Il faut être gentil.

Elle se passa la main sur les paupières, comme quelqu'un qui essaie de vaincre un étourdissement, et reprit d'une voix plus ferme :

— Prévenez Mrs. Humphrey pendant que je sors la voiture. Venez avec moi, François. Vous ouvrirez les portes.

Ils allèrent au garage. En chemin, elle mit François au courant.

— Jonathan a disparu dans des conditions très mystérieuses, paraît-il. L'infirmière de garde n'a rien vu et elle n'a pourtant pas quitté son bureau de la nuit... Comme je regrette, François, que vous soyez mêlé à tous ces malheurs !

Voulait-elle lui suggérer de rentrer à Paris ? Non, car elle ajouta aussitôt :

« Vous êtes là, heureusement. Occupez-vous

bien de Bob. Je tremble autant pour lui que pour Jonathan.

François n'eut pas le loisir de réfléchir à cette bizarre réflexion, car Bob arrivait en courant. Il se jeta dans la voiture.

— Que dit Mrs. Humphrey ? demanda Miss Mary.

— Elle est scandalisée, comme toujours.

Durant le trajet, personne ne parla. François revoyait le couloir où l'homme aux cheveux roux semblait guetter. Pas moyen d'y accéder sans passer devant l'infirmière de surveillance. Encore un mystère. Mais ce mystère était encore bien plus incompréhensible que ne le pensait François. Quand l'inspecteur, une demi-heure plus tard, leur montra les lieux, ils eurent l'impression que l'impossible était réalisé. Deux policemen gardaient l'entrée du couloir et Morrisson examinait minutieusement la chambre.

— Oh, dit-il, c'est absurde mais c'est tout simple. La chambre donne sur une cour, mais nous avons trouvé la fenêtre fermée. Donc personne n'est passé par là. D'autre part, le corridor aboutit à une sortie de secours, dont la porte, qui ne s'ouvre que de l'intérieur, est, elle aussi, toujours fermée. A moins d'admettre une complicité dans la place, personne n'a pu entrer par là non plus. Reste le corridor qui, à son autre extrémité, passe devant la petite salle où il y a, jour et nuit, une infirmière. Or, personne n'est passé devant elle. Voilà... Vous voyez, les données du problème ne sont pas nombreuses. Ou la fenêtre, ou l'issue de secours, ou le corridor. Mais nous savons qu'aucune de ces hypothèses ne tient debout. Ajoutez que M. Skinner dormait. On lui avait administré, comme chaque soir, un somnifère... Pour emporter un homme endormi, il faut se mettre à deux ou trois ou alors être diablement costaud. N'importe comment, on fait fatalement du bruit. Or, Miss North, l'infirmière de nuit, n'a rien vu, rien entendu. Et je vous précise tout de suite que c'est une femme au-dessus de tout soupçon. Elle n'a rien vu, rien entendu, et elle n'a pas une seconde quitté son poste... Incroyable ! C'est incroyable !

L'inspecteur ne tenait pas en place. Il passait de la chambre dans le couloir, revenait dans la chambre, déplaçait machinalement les médicaments sur la table de chevet, ouvrait et refermait l'armoire qui contenait un peu de linge et répétait, de temps en temps : incroyable !

Bob, atterré, rongeait ses ongles. Miss Mary s'était composé un visage impassible. Elle n'était pas femme à montrer ses émotions en public. Et François, un peu en arrière, s'interrogeait, repris par son débat intérieur. Quel verdict fallait-il rendre : Coupable ? Innocente ? Le moment était-il venu de raconter l'équipée de la veille, de parler de la valise ? Et si elle agissait sous la contrainte ? Si elle était, elle aussi, menacée d'enlèvement ou de mort ?

— Le motif est clair, disait l'inspecteur. Le voleur n'a pas trouvé dans le dossier qu'il a emporté tous les éléments dont il a besoin pour tirer parti de l'invention. Il a donc enlevé M. Skinner et compte sans doute le faire parler.

— Jonathan ne parlera pas, dit Miss Mary.

— Dans ce cas...

Morrisson haussa les épaules. Pour lui, il n'y avait pas à se leurrer : l'ingénieur était condamné.

— Oh ! ajouta-t-il pour paraître optimiste, on le retrouvera. Ce n'est pas facile de transporter un grand blessé sans être remarqué. Il a fallu une voiture transformée en ambulance, ou bien une ambulance volée... Ce véhicule a stationné... Des gens l'ont vu... Non, de ce côté-là, je ne m'inquiète pas. Nous ne tarderons pas à relever une piste. La seule question est de savoir comment M. Skinner a supporté le transport. Je suppose qu'on ne l'a pas emmené trop loin ; dans la banlieue, sans doute.

François et Bob échangèrent un regard. Ils pensaient, l'un et l'autre, à la maison où les avait conduits l'homme à l'Austin. Mais ils ignoraient où se trouvait cette maison ; alors, à quoi auraient servi leurs déclarations ?... Et pourtant, c'était un supplice de tenir un fragment de vérité et de se taire, quand M. Skinner, faute des soins nécessaires, était peut-être en train de mourir. Un supplice plus grand encore pour François. N'aurait-il pas dû dénoncer Miss Mary ? Il faillit parler, se retint. Non ! C'était décidément au-dessus de ses forces. Il n'y avait qu'à laisser agir la police.

L'inspecteur, justement, leur conseillait de rentrer. Il avait seulement voulu, en les faisant venir à l'hôpital, leur montrer les difficultés de la tâche et prévenir ainsi tout reproche de lenteur et d'inefficacité.

Ils revinrent donc, tristement, et ressassant les mêmes questions : Comment s'y était-on pris pour faire sortir le blessé ? Y avait-il eu une complicité dans l'hôpital ? Mais non, l'inspecteur avait dit que l'infirmière de garde était au-dessus de tout soupçon.

Miss Mary écoutait distraitement les propos des garçons. Elle semblait étrangère à la discussion. « Pardi, pensa François, elle sait, elle, ce qui s'est passé et où on a caché M. Skinner

Elle connaît la maison !... » Et un projet se forma peu à peu dans son esprit... Il fallait la surveiller constamment, écouter ses paroles si elle téléphonait, ne pas dormir, monter la garde à la fenêtre, au cas où l'inconnu reviendrait lui parler à la grille... Tout cela était un peu chimérique, soit ! Mais il n'en restait pas moins que Miss Mary pouvait conduire à M. Skinner. C'était là, du moins, une hypothèse à ne pas écarter. Certes, François ne nourrissait aucune illusion : il savait bien qu'il était à peu près impuissant ; que, si la jeune femme sortait sous prétexte de faire des courses, il ne pourrait pas la suivre ; que, si elle écrivait, il ne pourrait pas intercepter la lettre... Mais il lui suffirait de recueillir de nouveaux indices, même minuscules, pour alerter Morrisson. Dénoncer Miss Mary ? Pourquoi pas ? Puisque, maintenant, la vie de M. Skinner ne tenait plus qu'à un fil !

La routine des gestes quotidiens les reprit ; ils laissèrent la voiture devant le perron et, tandis que Miss Mary allait mettre la gouvernante au courant des événements, Bob commença à sortir les assiettes et les couverts et François écrivit une petite lettre pour ses parents, où il parlait beaucoup de Mme Tussaud, mais très peu de la famille Skinner. Mrs. Humphrey avait fait cuire un poulet auquel on ne toucha guère. Bob avait mal à la tête.

— Moi-même, dit Miss Mary, je ne me sens pas très bien. Il faut pourtant que je songe au ravitaillement. Nous allons manquer de tout.

François dressa l'oreille.

— Je peux vous aider ? proposa-t-il.

— Oh non ! Merci. Je suis habituée à me débrouiller. Tenez plutôt compagnie à Bob.

François ne fut pas dupe. Ce qu'il avait prévu

arrivait. Elle allait rejoindre l'homme roux ; il le sentait. Que faire ? Il avait beau passer en revue toutes sortes de plans, aucun n'était réalisable. Cependant, à force de chercher, il trouva une idée qui ne valait peut-être pas cher, mais qui n'était pas idiote. Il se mit à la creuser, tout en aidant Bob à débarrasser la table.

— Tu devrais te reposer un peu, dit-il. Une petite sieste et tu seras d'aplomb. Moi, pendant ce temps, je ferai du courrier. Vers quatre heures, s'il ne pleut pas, on essaiera de sortir, hein ? Et puis, crois-moi, Morrisson n'est sans doute pas un superman, mais il dispose de moyens formidables. Alors, il faut avoir confiance.

Bob avala deux cachets et consentit à s'étendre. Aussitôt, François avertit Miss Mary qu'il sortait pour acheter des cartes postales, et il fit mine de s'éloigner. Mais en quelques bonds, il se cacha derrière la Daimler. C'était maintenant ou jamais...

La malle ! Il l'ouvrit. Elle était très spacieuse, en dépit de la roue de secours qui tenait beaucoup de place. Elle était même revêtue d'une moquette. François s'assura que le pène de la serrure pouvait être manœuvré de l'intérieur. Un dernier coup d'œil ! En souplesse, il se glissa dans la malle et rabattit le couvercle. Il était à l'étroit, mais, en tâtonnant, il trouva une position pas trop inconfortable. Il ne manquait pas d'air car la voiture était ancienne et le couvercle ne s'ajustait pas d'une manière hermétique. Restait l'odeur d'huile, de caoutchouc, de cuir... C'était un peu écœurant. François se dit que, par une malchance persistante, il ne saurait pas, encore une fois, quel chemin il suivrait. Peut-être Miss Mary conduirait-elle simplement la voiture au parking de quelque supermarché.

123

Quand elle ouvrirait la malle pour y déposer ses paquets, alors... S'il n'avait pas trouvé l'occasion de s'éclipser auparavant, ce serait la honte, le déshonneur, quelque chose d'affreux. Mais il fallait quand même essayer. A pile ou face. Miss Mary mentait ou ne mentait pas. François persistait à croire qu'elle mentait et qu'elle n'allait pas faire des achats.

Il se recroquevilla quand il l'entendit s'approcher. Elle mit le moteur en route et la Daimler commença à rouler, vira dans la rue, accéléra.

— Si je perds, songea François, je passerai pour un voyou. Si je gagne, je serai peut-être un héros. Ce sera à toi, vieux Bob, de décider !

Le tout pour le tout

La suspension était si souple, le bruit des roues si feutré, qu'il était impossible de se faire une idée de la nature du sol. Bientôt, François perdit toute notion de déplacement. Il songea, un instant, à entrebâiller la malle, mais il se ravisa. Il serait bientôt repéré et comme, d'autre part, il ne connaissait pas du tout Londres, ce qu'il apercevrait du trajet ne le renseignerait pas. Il changea de position, se coucha sur le dos, genoux repliés, et des réflexions sinistres commencèrent à l'assaillir. Il s'était lancé, tête basse, dans cette aventure, poussé — il se l'avouait maintenant — par une curiosité qui n'avait rien à voir avec les raisons qu'il s'était données. En réalité, il voulait savoir et voilà tout. Le mystère l'attirait (1), comme la flamme attire le papillon. Mais le papillon s'y brûle. C'était peut-être un sort aussi cruel qui l'attendait !

Un cahot lui écrasa les genoux contre la tôle. Il se replia sur le côté, le nez contre le pneu de la roue de secours. Il avait de plus en plus chaud. Le bandit, les bandits plutôt, car on avait sans doute affaire à une bande, n'hésiteraient pas à le tuer. Sa photographie paraîtrait dans les journaux, sous le titre : *On recherche...* Il se voyait mort ; il imaginait la douleur de ses parents ; il avait la gorge nouée d'émotion.

« Je deviens idiot, pensa-t-il. Une bande ! Miss Mary chef de gangsters !... J'ai lu trop d'illustrés ! C'est probablement moins simple et en même temps plus dramatique. Mais alors, quoi ?

Il sentit que la voiture franchissait un passage à niveau ; une sonnerie grêle retentissait quelque part. Un poids lourd grondait, juste derrière la Daimler. Puis la voiture prit du champ et augmenta sa vitesse. Elle se trouvait sur une route plantée d'arbres, ce qui produisait un sifflement saccadé. Ensuite, elle vira dans un chemin plein d'ornières. L'eau giclait en claques sonores sur la carrosserie. De temps en temps, des cailloux produisaient une détonation vibrante, en ricochant sur les ailes.

— On doit approcher, se dit Sans-Atout. Il y a bien quarante-cinq minutes qu'on roule.

Des crampes naissaient dans ses mollets. Il

---

(1) Voir : *Sans-Atout et le cheval fantôme* et *Sans-Atout contre l'homme à la dague.*

se massa tant bien que mal. Il ne savait plus comment se tenir et son visage ruisselait. Il pensa aux chiens, que les chasseurs enferment dans la malle de leurs voitures. S'il chassait un jour, son chien voyagerait près de lui ; c'était juré. Une écœurante odeur de gaz brûlés rendait, à la longue, sa respiration de plus en plus pénible. François chercha la serrure de la malle. Tant pis ! Mieux valait être vu qu'étouffer ! Mais ses doigts hésitaient, palpaient en vain un crochet, des ressorts. Il s'affola soudain. Et s'il était coincé, dans cette oubliette ! S'il allait demeurer prisonnier ! Il découvrit enfin le minuscule levier qui libérait le couvercle du coffre. A ce moment, la voiture ralentit et stoppa.

Le grand moment était arrivé. La portière claqua. Les pas de Miss Mary s'éloignèrent. Il y eut un grincement rouillé. La grille, pardi ! La grille de la maison perdue... Miss Mary revint, remonta dans la Daimler et, au ralenti, s'engagea dans une allée aux graviers craquants. Nouvel arrêt, nouveau grincement. Maintenant, la grille était refermée. La Daimler redémarra.

François suivait sa progression comme sur un écran de cinéma. Il voyait dans sa tête les herbes folles, les massifs, le perron, la maison. Il aurait dû se munir d'une lampe de poche. Mais non, imbécile ! Il fait jour ! Il avait oublié qu'il devait être trois heures de l'après-midi Peut-être même y avait-il, maintenant, du soleil ! Cela lui rendit confiance. Au fond, il s'était exagéré les risques qu'il courait. Miss Mary allait descendre... Voilà, elle descendait ; elle allait gravir le perron... Voilà, ses petits talons résonnaient sur la pierre ; elle allait ouvrir avec une clef ou bien elle allait sonner... Non, elle frappait à petits coups ; peut-être simplement pour signaler sa présence... Et puis la porte s'ouvrait, se refermait. Silence.

Dans le jardin, un oiseau chantait. François déplaça le levier, et le couvercle, poussé par ses ressorts, se souleva automatiquement. Rapide coup d'œil. Rien de suspect en vue. François ouvrit le couvercle et respira largement. Puis il se déplia à grand-peine. Il était abominablement ankylosé. Il trébucha en posant un pied à terre, et, pour se récupérer, s'obligea à exécuter quelques mouvements d'assouplissement. D'un revers de manche, il essuya son visage en sueur, et regarda l'heure. Quatre heures moins dix. Un pâle soleil dessinait son ombre sur le gravier.

Il ne s'était pas trompé. Il était bien devant la maison de l'homme à l'Austin. Les fenêtres étaient toutes fermées. Il songea à la cuisine qui, la veille, lui avait si opportunément ouvert le passage. Il referma le coffre sans le faire claquer et contourna la maison. Cette fois, la porte de la cuisine était close. Une main au-dessus des yeux, il essaya d'apercevoir, à travers les vitres, l'intérieur de la pièce. Personne. La poignée tourna et la porte s'ouvrit.

Il y avait des assiettes sales sur la table, une bouteille de vin à moitié vide, et, dans un coin, sortant à demi d'une poubelle, des pansements ensanglantés. M. Skinner était là !

Moment d'émotion et d'orgueil ! François avait raisonné juste, ce qui prouvait, hélas, que Miss Mary était coupable. Il se demanda s'il devait s'échapper pour prévenir l'inspecteur Morrisson. Mais il fallait être sûr... Ces pansements, à la réflexion, ne prouvaient rien. L'homme roux avait peut-être été blessé dans

l'accrochage avec le camion ? C'était peut-être lui que Miss Mary venait soigner ?

François traversa la cuisine comme une ombre et, se plantant au milieu du vestibule, écouta. On parlait, au premier étage. Ce fut plus fort que lui. C'était un démon qui le poussait. Empoignant la rampe, pesant sur elle pour s'alléger et ne pas faire grincer les marches, il gravit lentement l'escalier. Les voix étaient plus nettes et l'on reconnaissait facilement celle de la jeune femme. François atteignit le couloir qui desservait les chambres. Le bruit venait de la première pièce à droite. En deux enjambées, François fut devant la porte et se baissa pour regarder par le trou de la serrure. Par chance, la clef avait été enlevée. Il vit un lit et, dans le lit, M. Skinner, immobile, les yeux clos. Etait-il mort ? Non, sans doute. On n'aurait pas parlé si librement devant un cadavre. Il devait simplement dormir, épuisé. Peut-être l'avait-on torturé ? Impossible. Miss Mary ne l'aurait pas toléré. Ne pas oublier que M. Skinner était son fiancé ! Une ombre passa dans le champ de vision de François ; une épaule, une jambe se dessinèrent, une silhouette s'approcha du lit : l'homme roux. Il se pencha vers le blessé et se retourna en secouant la tête. Miss Mary apparut à son tour. Elle expliquait quelque chose, que François n'entendit pas ; en même temps, elle faisait des gestes tranchants de la main. Ce n'était plus le moment d'hésiter. Il fallait intervenir, et le plus vite possible !

François se rappela qu'il avait vu, la veille, un téléphone, dans la pièce du rez-de-chaussée qui ressemblait à un bureau. Marchant à reculons, il se replia silencieusement vers l'escalier, qu'il descendit avec une lenteur extrême, comme s'il portait de la dynamite. Là-haut, le bruit de voix avait repris, et puis il y eut un gémissement de souffrance. Le malheureux M. Skinner avait dû revenir à lui. Peut-être résistait-il à ses bourreaux.

François, risquant le tout pour le tout, traversa rapidement le vestibule et pénétra dans le bureau dont il ferma soigneusement la porte. Il était dans la nasse. Si quelqu'un survenait ; il était perdu. Il savait qu'au moment où il allait soulever le combiné, la sonnette émettrait un tintement, bref, mais peut-être perceptible du premier étage. Il tendit la main vers le téléphone... et la ramena vers lui. Il avait peur. Jusqu'à présent, il s'était comporté avec décision et audace. Maintenant, il flanchait. Sans doute était-il trop jeune pour mener jusqu'à son terme une action d'homme !

Il approcha son visage de la pastille blanche située au centre de la couronne mobile. Le numéro de la police était inscrit là : *Emergency 9.9.9.* Alors, d'un geste précis, il souleva le combiné, et la sonnette, comme surprise par la rapidité de son mouvement, fit entendre un seul coup, comme une horloge annonçant la demie. Le bruit n'avait certainement pas porté bien loin. François forma le numéro ; il tournait le dos à la porte et serrait l'appareil contre sa poitrine, pour étouffer au maximum le minuscule cliquètement de crécelle de la couronne revenant en arrière, après chaque sollicitation du doigt. Et soudain la voix de quelque fonctionnaire de service lui éclata dans l'oreille.

— Allo... J'écoute.

François n'avait pas eu le temps de préparer ses phrases et il se mit à bafouiller, à voix basse.

— Parlez plus fort, ordonna la voix bourrue.

Cette fois, on allait l'entendre. Ce n'était plus qu'une affaire de secondes.

— Je viens de découvrir l'endroit où l'on a conduit M. Skinner.

— Quoi ?

— M. Jonathan Skinner, qui a été enlevé la nuit dernière, de l'hôpital.

— Quel hôpital ?

On le faisait exprès ! On voulait sa mort !

— Je ne sais pas. C'est l'inspecteur Morrisson qui est chargé de l'enquête. Qu'on le prévienne tout de suite...

— Où êtes-vous ?

— Je ne sais pas.

Là-bas, on se montrait très patient mais également très sceptique.

— Comment ? Vous ne savez pas où vous êtes ?... Mais d'abord qui êtes-vous ?

— Peu importe qui je suis.

Malgré lui, François élevait la voix.

— Je vous répète que M. Skinner est en danger... Alors, je vous en prie : tâchez de savoir d'où vient cet appel..., sûrement de banlieue... C'est grave !... Il faut immédiatement prévenir l'inspecteur Morrisson... Je répète...

Derrière lui, la porte s'ouvrit. François fit front. Il s'attendait à voir l'homme roux. C'était Miss Mary qui se tenait sur le seuil.

— Vous ! dit-elle.

François, qui tenait toujours l'appareil, entendait, venant de très loin, la voix qui représentait le salut... « Allo... Allo... » Miss Mary traversa le bureau, lui enleva des mains le combiné, qu'elle replaça sur sa fourche. Elle regardait François avec une sorte de stupeur, comme si, maintenant, elle découvrait en lui un personnage nouveau, qu'il fallait traiter en égal.

— Qui appeliez-vous ? demanda-t-elle.
— La police.

Et, bluffant, pour essayer de reprendre l'avantage, il ajouta :

« Elle arrive. »

Il y avait, près de la fenêtre, un fauteuil d'osier. Miss Mary s'y assit lourdement. Elle était pâle. Un cerne mauve dessinait ses orbites.

— Comment êtes-vous venu ici ? dit-elle.
— Dans le coffre de votre voiture.
— Vous me soupçonniez ?
— Oui. Je vous ai vue, l'autre nuit, dans le jardin.
— La mallette ?... Hier, c'est vous qui l'avez reprise ?
— Oui.
— Où est-elle ?
— Elle est cachée.

Machinalement, elle faisait tourner autour de son doigt sa bague de fiançailles. Elle paraissait si désemparée, si malheureuse, que François sentit qu'il n'avait plus rien à craindre. On ne tenterait rien contre lui, parce qu'il possédait cette mystérieuse mallette, à l'étrange contenu.

— François, murmura Miss Mary, je crois qu'il vaut mieux, pour vous comme pour moi, que vous rentriez à Paris.
— Mais..., vous n'êtes pas sa complice ! s'écria-t-il, impétueusement.
— Je ne peux pas parler. Je n'en ai pas le droit.
— Pourquoi a-t-on enlevé M. Skinner, la veille de son opération ?
— N'insistez pas.

L'ancienne Miss Mary reparaissait, après une courte défaillance, décidée, autoritaire. Elle se leva et se dirigea vers la porte.

— Venez !... Allez m'attendre dans la voiture.
— Mais... l'homme... là-haut ?... Est-ce que ce n'est pas dangereux de...

La jeune femme répéta : « dangereux ? », d'un air incrédule.

— Il va lui faire du mal.
— C'est vous, François, qui nous faites du mal. Je sais ! Avec les meilleures intentions du monde. Venez vite !

Elle le saisit par le poignet et l'entraîna jusqu'au perron.

— Je reviens tout de suite.

François, complètement perdu, monta dans la Daimler. Il avait dû se tromper quelque part, dans ses hypothèses. Rien ne se passait comme prévu. Pourtant, quoi, les faits étaient là : d'abord l'agression dont avait été victime M. Skinner et le vol des documents, puis le vol des objets du salon, l'épisode nocturne de la valise, enfin l'enlèvement de l'ingénieur... Tout cela formait bien une action criminelle cohérente, dont l'animatrice était forcément Miss Mary, puisque, finalement, on la retrouvait dans cette maison isolée où le blessé avait été amené de force, pour être interrogé.

Mais alors, pourquoi l'homme roux n'était-il pas déjà intervenu ? Pourquoi le laissait-on libre, lui, François ? Et si Miss Mary n'était pas coupable, qu'est-ce qu'elle manigançait, avec le ravisseur de son fiancé ? Qu'est-ce que M. Skinner était pour elle ? C'était cela la question la plus importante.

Miss Mary n'en finissait pas. Peut-être aidait-elle son complice à emporter l'ingénieur par quelque issue, au fond du parc ?... Mais non. C'était justement le genre de supposition qu'il fallait éviter. « Je me donne des explications rocambolesques, pensa François, pour comprendre des événements qui ne le sont certainement pas. C'est pourquoi je ne cesse de me tromper. J'abandonne !... Après tout, j'ai fait tout ce que je pouvais. Maintenant, il est grand temps de prendre congé. »

Miss Mary reparut sur le seuil. Elle dévala les marches du perron sans même refermer la porte, et, avec une souplesse de sportive, elle se mit au volant. Devant la grille, elle freina brutalement.

— Voulez-vous ouvrir, François ?

Le masque de l'amabilité était tombé. Elle parlait sèchement et François faillit se rebiffer. S'il était un intrus, il n'y avait qu'à le reconduire tout de suite à l'aéroport. Il obéit, cependant, et reprit sa place sans dire un mot. Mais il était horriblement vexé. En quelques heures, il avait connu les sentiments les plus contradictoires : curiosité, peur, panique, doute, colère, et maintenant humiliation. Il en avait brusquement assez de Londres, des Skinner, de Morrison. Il regarda sa montre : presque six heures.

— Je prendrai l'avion demain matin, murmura-t-il.

— Rien ne vous presse.

— Comment ? Mais...

— Songez à Bob. Si vous partez trop vite, il voudra comprendre pourquoi. Et il ne faut pas qu'il sache...

— Vous avez peur ?

— Oh ! Pas pour moi. Mais pour lui. Le pauvre enfant n'a pas besoin de nouvelles épreuves. Aussi, je vous demande quelque chose... Promettez-moi de garder pour vous tout ce que vous avez découvert... Nous allons rentrer ensemble, comme si nous venions de faire des courses...

— Mais... M. Skinner ?

Le visage de Miss Mary se contracta, mais elle ne répondit pas. Elle s'arrêta bientôt devant un supermarché et François la suivit, de nouveau exaspéré. On le considérait comme juste bon à porter des paquets ! Mais comment cette femme pouvait-elle avoir assez de sang-froid pour choisir, entre des boîtes de thon, des pots de confitures, des marques de lessive ? Alors que son futur mari agonisait peut-être quelque part. François rapporta à la voiture deux gros sacs de papier bourrés d'emplettes, et, quelques instants plus tard, la Daimler stoppait devant le garage. Bob, qui attendait dans le jardin, courut au-devant d'eux.

— Je compte sur vous, François. Pas un mot, dit Miss Mary.

Elle ouvrit la portière.

— Oh Bob !... Aidez-nous ! Nous sommes bien chargés.

— Vous m'avez laissé tomber, tous les deux ! s'écria Bob. Je me demandais où vous étiez passés.

— Corvée de ravitaillement, dit Miss Mary.

Et elle réussit à mettre dans sa réponse une espèce d'enjouement qui parut monstrueux à François. Mentir avec un tel aplomb, c'était à peine croyable. Et rien dans son attitude ne laissa deviner qu'elle venait de connaître des moments d'intense émotion, tandis qu'elle indiquait à Mrs. Humphrey, surgie à la rescousse, les différentes boîtes de conserves à ouvrir pour le dîner.

— Qu'est-ce que vous avez vu ? questionnait Bob.

— Oh ! Pas grand-chose.

— Tu aurais pu me prévenir que vous sortiez... Je me suis embêté comme... comme un rat mort... Demain, je t'emmènerai à la Tour de Londres, si papa est retrouvé et si tout va bien.

— Demain, dit François. Demain... Tu oublies que je dois rentrer.

— Mais pas tout de suite, plaida Bob. Tu viens juste d'arriver.

— Oui, mais les circonstances sont telles..

— C'est justement.

Bob n'acheva pas, pour ne pas montrer son désarroi, et François n'eut pas le courage de le réconforter. Pris entre Miss Mary et Bob, il sentait qu'il allait commettre fatalement quelque maladresse.

— Tiens, fit Bob, l'inspecteur !

Morrisson remontait l'allée. Miss Mary et Mrs. Humphrey s'arrêtèrent sur le perron.

— Bonne nouvelle ! cria l'inspecteur. M. Skinner est retrouvé.

Il hâta le pas et tout le monde l'entoura.

— Oui, reprit Morrisson, quelqu'un nous a téléphoné...

— Ne restez pas là, dit Miss Mary. Venez au salon.

Toujours respectueuse des convenances, elle jugeait sans doute indécente cette conversation en plein air, qu'un passant aurait pu surprendre. Ils se rendirent donc au salon, à l'exception de Mrs. Humphrey, qui se retira dignement dans la cuisine, estimant sans doute qu'on avait fait entrer l'inspecteur au salon pour la tenir à l'écart de l'entretien.

— Tout est étrange, dans cette affaire, dit Morrisson. Un coup de téléphone anonyme a signalé que M. Skinner se trouvait dans une maison de la banlieue... Nous avons tâtonné et je vous fais grâce des détails... Bref, nous avons pu établir d'où venait l'appel et nous nous sommes rendus à la maison. M. Skinner y était, seul, et tout prouvait qu'on l'avait abandonné précipitamment.

François regarda Miss Mary qui tourna la tête.

— Est-ce qu'on lui avait fait du mal ? demanda Bob, impétueusement.

— Non. Mais il est très fatigué, comme vous pouvez le penser. Nous l'avons ramené à l'hôpital et nous avons pris toutes les précautions nécessaires. Je vous donne ma parole qu'il est, maintenant, à l'abri.

— Vous avez pu l'interroger ? demanda Miss Mary.

Elle avait peur. N'avait-elle pas tout à redouter des révélations du blessé ?

— Evidemment, répondit Morrisson, d'un ton qui signifiait qu'on n'allait pas lui apprendre son métier. Mais il ne sait rien. Rappelez-vous qu'il avait absorbé un somnifère. Il a vaguement le souvenir d'un homme qui le soulevait. A demi inconscient, il a cru qu'on l'emmenait à la salle d'opérations. Et puis, il a dormi, longtemps. Quand il a rouvert les yeux, dans une chambre inconnue, il était seul. Nous sommes arrivés peu après. C'est tout.

« Non ! faillit crier François. Non ! Ce n'est pas tout ! »

— Vous allez dire quelque chose ? interrogea Morrisson.

— Moi ?

François rougit. Les yeux si bleus de Miss Mary étaient fixés sur lui.

— Je pensais seulement que cette maison

appartient à quelqu'un et qu'on pourrait apprendre...

L'inspecteur l'interrompit avec brusquerie.

— C'est fait, dit-il. Croyez-moi, nous n'avons pas perdu de temps. La propriété appartient au major Henderson, un homme au-dessus de tout soupçon, qui habite en ce moment à Cannes, en France. Elle a été louée, meublée, par l'intermédiaire d'une agence, à un certain Laslo Carolyi, né en Argentine, de parents hongrois. Il a fourni, paraît-il, des papiers en règle et payé, en espèces, trois mois d'avance. Inutile de préciser que nous le recherchons, mais il s'agit vraisemblablement d'une identité d'emprunt. Nous risquons d'avoir du mal. A propos, jeunes gens, je voudrais que vous passiez demain à mon bureau. J'ai d'autres photos à vous montrer.

— Et... l'opération ? dit Bob, qui avait écouté avec impatience ces explications.

— Elle aura lieu le plus tôt possible. Probablement demain, de bonne heure.

Ce fut au tour de Miss Mary d'intervenir.

— Avez-vous découvert des indices, dans la maison ? demanda-t-elle avec une curiosité polie. Des traces, des empreintes ?

— Notre équipe est sur place. Mais je n'attends pas grand-chose de ces recherches.

— Mais qui a pu téléphoner ? questionna Bob.

L'inspecteur se renfrogna.

— Je donnerais gros pour le savoir. La voix était étouffée, précipitée... C'est du moins ce qui a été noté dans le rapport. Une voix d'homme, avec un fort accent étranger. Vous voyez que ça ne nous mène pas loin. Des étrangers, à Londres, ce n'est pas ce qui manque... Ne prenez pas cette remarque en mauvaise part, monsieur

Robion... Alors, je reviens à la question : Qui a téléphoné ? Toutes les hypothèses sont possibles. Ce qui est sûr, c'est que l'inconnu connaissait M. Skinner et savait que j'étais chargé de l'enquête. Est-ce un complice pris de remords ? J'en doute. Un comparse qui a voulu se venger ? Cela se produit assez souvent. Pour le moment, nous cherchons d'abord à localiser ce Carolyi Voilà... J'ai tenu à vous rassurer personnellement.

— Merci, dit Miss Mary. L'essentiel, pour nous, c'est que M. Skinner nous soit vite rendu. Je suppose qu'on ne nous permettra pas de le voir avant l'opération.

— N'y comptez pas.

L'inspecteur se retira et Miss Mary monta dans sa chambre, après avoir tenu un bref conciliabule avec Mrs. Humphrey. François était de plus en plus perplexe. L'attitude de Miss Mary lui faisait clairement comprendre qu'il était de trop, en dépit des paroles qu'avait pu lui adresser la jeune femme. Il était résolu à reprendre l'avion sans délai. Mais il ne pourrait, décemment, abandonner Bob avant l'opération ; ni même aussitôt après. En outre, il devait passer à Scotland Yard. Cela repousserait son départ au surlendemain. Il glissa son bras sous celui de son ami.

— Montons au grenier, proposa-t-il. C'est l'endroit idéal pour causer.

Le soleil s'était dégagé, comme il arrive souvent, en fin de journée, et entrait obliquement par une lucarne. Bob s'assit avec découragement sur une vieille malle.

— Oh, je sais, dit-il. Tu veux retourner chez toi.

— Je ne veux pas, rectifia François. J'y suis forcé. Mets-toi à la place de Miss Mary. Tu crois que c'est agréable d'avoir sur le dos un invité dont il faut s'occuper, alors qu'on a déjà tant de soucis. Suppose que la même chose soit arrivée à mon père, quand tu étais à Paris ?... Qu'est-ce que tu aurais fait ?

— Oui..., bien sûr, admit Bob.

Il croisait et décroisait ses doigts. Il paraissait très malheureux.

— Tant que tu es là, murmura-t-il, je n'ai pas le temps de penser à des choses... Je ne suis pas seul.

— Mais voyons... tu n'es pas seul.

— Oh si ! On peut être seul, avec les gens qu'on aime.

— Allons, mon vieux !

Bob respira avec effort. Il leva sur François des yeux un peu trop brillants, mais sa voix était assurée quand il dit :

— Eh bien, on s'écrira, hein ? On s'écrira souvent... Quand comptes-tu partir ?

— Après-demain.

— Aïe ! Ce n'est pas loin, ça !

— Je vais téléphoner au bureau d'Air-France pour réserver.

Ils descendirent, résolus tous deux à brusquer les choses. Mais une voix chantante informa François qu'aucune place ne serait disponible avant quatre jours.

— Tu restes ! s'écria Bob. Youpee !

Les pistolets

Mais François ne devait pas rester !

Un coup de téléphone de l'hôpital les avertit, le lendemain, que l'état de M. Skinner donnait des inquiétudes. Bob et Miss Mary partirent immédiatement.

— Je t'appellerai, dit Bob. Ne bouge pas.

François regarda, du haut du perron, la voiture s'éloigner, et remonta tristement dans sa chambre. Ce premier séjour en Angleterre était complètement raté. Et que se passerait-il si le pauvre M. Skinner... Evidemment, le déplacement que ses ravisseurs lui avaient infligé avait aggravé son état. Si, par malheur, il venait à mourir, que deviendrait Bob ? Quel appui trouverait-il auprès de Miss Mary, qui avait si manifestement aidé les ennemis de son fiancé ?

François en revenait toujours à la même conclusion : c'était lâche de partir au moment où Bob se trouvait dans les pires difficultés. Mais comment lui venir en aide ? Et pas moyen de reculer ce départ. Quand on doit s'occuper d'un blessé peut-être en danger de mort, on n'a pas besoin d'avoir dans les jambes un étranger encombrant. Il était de trop, désormais. Il était importun. Et il se sentait de plus en plus mal à l'aise. Attendre un avion ? Et pourquoi ne pas prendre le bateau, le plus tôt possible ? N'était-ce pas la solution la plus élégante, celle qui lui laisserait l'initiative ? Au lieu d'être reconduit à l'aérogare, comme un indésirable, il s'en irait de son propre gré, à l'heure choisie, en garçon réfléchi, qui sait prendre ses responsabilités. Allons ! Il n'y avait plus à hésiter.

Il descendit au bureau pour téléphoner, mais, à l'instant même où il fermait la porte, la sonnerie retentit. Seconde d'émotion ! C'était sûrement l'hôpital ! Quelle nouvelle allait-il apprendre ? Il décrocha le cœur serré. Ce n'était pas Bob, mais l'inspecteur Morrisson.

— Je suis seul, expliqua François. Miss Mary et Bob sont à l'hôpital. Il paraît que l'état de M. Skinner est inquiétant.

— Je suis au courant, dit Morrisson. Ecoutez... J'ai affaire dans votre quartier ; alors, inutile que vous veniez à mon bureau, c'est moi qui passerai. J'ai des photos à vous montrer et quelques papiers à vous faire signer. Je serai chez vous dans une demi-heure.

— L'enquête avance ?

— Heu... Comme ci, comme ça... A tout à l'heure.

François reposa l'appareil et chercha dans l'annuaire le numéro de la gare Victoria. Il obtint facilement le renseignement. Il y avait un train pour Douvres à 15 heures et un bateau à 17 heures. Miss Mary n'aurait pas besoin de le conduire à la gare. Il prendrait un taxi.

Il essaya, mais en vain, de fermer sa valise. Au départ, c'était sa mère qui l'avait remplie, avec un soin si ingénieux qu'elle avait réussi à y ranger toutes sortes de choses que François n'arrivait plus à y faire tenir. Rageusement, il pesa dessus de toutes ses forces et réussit enfin à la boucler. Ensuite, désœuvré, le cœur lourd, il se promena dans le jardin, attendant le coup de téléphone de Bob. Quand il entendit la sonnerie, il bondit dans le bureau.

— Allo... C'est toi, vieux Bob ? Alors ?

— Tu sais, ce n'est pas brillant.

La voix était découragée et l'émotion la faisait trembler.

— Que pense le chirurgien ?

— Oh ! L'opération a réussi... Les opérations réussissent toujours. C'est après que ça se gâte. Je vois bien que personne n'est rassuré... On crâne, comme ça... On me rassure..., mais je ne suis pas dupe. Mary a eu un long entretien avec le chirurgien. Moi, bien entendu, j'étais exclu. Elle aussi, elle entre dans leur jeu et fait semblant d'avoir confiance. Malgré tout, elle m'a dit qu'il avait perdu beaucoup de sang...

— Mais la balle a pu être extraite ?

— Oui. C'est même Morrisson qui l'a. Tu

penses, il était là aux premières. Le sang, ça attire les vautours !

— Tu l'as vu, Morrisson ?

— Il sort d'ici. Il voulait me montrer d'autres photos, des trucs à lui dont je me moque complètement... Je l'ai envoyé promener. Il va sûrement te harceler, toi aussi.

— Tu restes à l'hôpital ?

— Evidemment. Comme il est question de transfusion, je me suis offert. On est du même groupe, papa et moi... Qu'est-ce qu'on pourrait lui donner de meilleur que mon sang à moi, hein ?... Après tout, c'est le sien, en plus jeune ! Le toubib est d'accord. Il a fallu parlementer, mais quand je veux quelque chose... Parce que, tu comprends, il y a aussi l'effet moral. Quand papa me verra allongé à côté de lui... s'il me voit (la voix se cassa), il s'accrochera... Il se rendra compte que lui et moi, c'est les doigts de la main, malgré nos querelles... Il sera bien obligé de tenir le coup..., pour moi, pour moi tout seul.

François entendit Bob couper brutalement la communication. Bob ne voulait pas pleurer au téléphone ; c'était quelqu'un de bien, Bob ! Et, bizarrement, c'était François qui se sentait en faute, qui avait l'impression d'avoir manqué à son devoir.

— Je peux entrer ?

François sursauta. C'était l'inspecteur Morrisson.

— Vous voyez, dit François, je parlais avec Bob. La situation n'est pas brillante.

L'inspecteur entra, enleva son imperméable et posa sur le bureau une serviette rebondie.

— Je sais, dit-il. La journée va être critique. Mais le chirurgien conserve bon espoir et je le connais. S'il est optimiste, c'est que Skinner va s'en tirer.

— C'est bien vrai ?

— Puisque je vous le dis... Il pourra se vanter de revenir de loin. Il a reçu un morceau de plomb qui aurait pu le foudroyer. Regardez ça.

Il retira de sa poche une petite boîte maintenue fermée par un élastique, et, avec beaucoup de précautions, l'ouvrit. Sur un lit d'ouate légèrement rougi, il y avait une masse brune, un cône arrondi, gros comme une petite bille.

— La balle, dit Morrisson.

— Mais..., c'est très gros ! s'étonna François.

— Vous avez raison d'être surpris, approuva l'inspecteur. J'ai vu bien des projectiles, mais celui-ci est particulièrement curieux. D'abord, le calibre est inusité. Et en outre, la forme n'est pas courante. Peut-être s'est-on servi d'une arme étrangère. Le « labo » nous renseignera.

« Une arme étrangère..., ou plutôt une arme ancienne ! », pensa François.

Et ce fut comme un voile qui se déchirait... Le pistolet de duel !... Le coup de feu tiré, du haut du perron, par Bob... François écarta aussitôt cette idée absurde.

L'inspecteur prit dans sa serviette un paquet de photographies.

— J'aimerais que vous y jetiez un coup d'œil. Peut-être ce Laslo Carolyi s'y trouve-t-il ?

François, distraitement, examina une série de visages également inquiétants. Il ne pouvait s'empêcher de songer à cette balle et se refusait désespérément aux déductions qui, malgré lui, s'amorçaient ; car le coup de pistolet avait été tiré sur un cambrioleur..., et c'était M. Skinner qui avait été blessé. Il n'avait tout de même pas essayé de se cambrioler lui-même !

— Regardez bien celui-ci. C'est un sujet hongrois.

Encore un barbu, avec des cheveux de hippy, mais ce n'était pas l'homme roux.

— Non, dit François. Je ne reconnais personne.

Morrisson parut très déçu.

— J'en aurai peut-être bientôt d'autres à vous montrer.

— C'est que..., je pars aujourd'hui... Il m'est difficile de rester ici dans les circonstances actuelles.

— Oui, admit l'inspecteur, oui... Je comprends. Eh bien, tant pis. Je vais seulement vous demander de lire le résumé des événements dont vous avez été le témoin et, si vous êtes d'accord, de signer. Ce n'est qu'une formalité.

Il tendit à François deux feuillets dactylographiés. François les parcourut. C'est à peine si le sens des mots parvenait à son esprit. Une seule question brûlante, dramatique, le hantait. « M. Skinner n'a-t-il pas essayé de se cambrioler lui-même » ? Déjà, il ne doutait plus : la balle avait bien été tirée par le pistolet de duel. Il se rappelait la forme et la grosseur des projectiles que Bob lui avait montrés. Impossible d'hésiter. Bob avait tiré au hasard et atteint l'ombre qui fuyait... et cette ombre, c'était M. Skinner. Donc... Ce « donc » était semblable à un écran qui cachait quelque chose d'horrible et François n'avait pas le courage de l'écarter.

— Si vous voulez bien signer... ici.

L'inspecteur tendit son stylo et, machinalement, François signa. « Donc »... Non. Il valait mieux ne pas savoir. Le malheureux Bob blessant son père par erreur..., c'était quelque chose

d'insoutenable. Le reste... C'était le secret des Skinner. Mais rien de plus terrible que ce « donc ». La vérité est là..., on la devine. Comment se refuser à elle ?

— Vous comptez prendre l'avion ?
— Pardon ? dit François.
— Vous prendrez l'avion, sans doute ?
— Non. Le train... J'ai un rapide à 15 heures.
— Mais alors..., vous ne reverrez pas M. Skinner ?
— C'est vrai, fit François. Je n'avais pas pensé à cela ?
— Voulez-vous que je vous dépose à l'hôpital ; c'est sur ma route.
— Avec plaisir.

La voiture du policier était presque aussi vieille que la Morris de M. Skinner. Et aussitôt François pensa à la mallette qui contenait les pistolets. Elle était toujours cachée dans la Morris. Le moindre détail le ramenait invinciblement au mystère.

Oui, elle était cachée, mais pour combien de temps ; et si Morrisson mettait la main dessus, il identifierait immédiatement la balle et Bob saurait qu'il avait tiré sur son père et il en tomberait malade. Et toute sa vie il traînerait ce remords. Jamais ! Jamais !...

François croisa les bras, appuya son menton sur sa poitrine, et se dit :

« Pour Bob, je me dois d'y voir clair... Donc, j'accepte l'inévitable. C'était bien M. Skinner qui était, ce soir-là, à la villa. C'était bien M. Skinner qui avait emporté le dossier rouge, son propre dossier, et qui avait simulé un cambriolage. Mais pourquoi ?... Il n'y avait qu'une réponse, aveuglante de simplicité : l'invention avait une grosse valeur, d'une part ; et d'autre part,

M. Skinner voulait être riche. Il avait donc eu l'idée de vendre une seconde fois ses plans... Et pourtant, il n'était pas un malhonnête homme ; cela, François en était sûr. Non, pas malhonnête. Mais peut-être exploité par ce Merrill qui l'avait obligé à accepter des conditions très dures. Qui saurait jamais ce qui s'était passé dans le cœur du malheureux ? Indignation ? Révolte ?... D'où la tentation de tirer double profit de son invention. Mais comme, inévitablement, on apprendra, un jour ou l'autre, la mise en fabrication d'automates semblables à ceux qu'il a créés, il est indispensable de procéder à une mise en scène, de simuler le vol des plans.

« A partir de là, tout devenait clair. D'accord avec ce Carolyi, qui était à coup sûr l'intermédiaire chargé de la négociation, M. Skinner avait soigneusement arrêté tous les détails de l'opération. Premier temps : Laslo Carolyi, convenablement grimé, se présente à la maison durant l'absence de M. Skinner. Son attitude est volontairement inquiétante. On se souviendra de lui ; on pensera, plus tard, que le cambrioleur est venu repérer les lieux. Deuxième temps : le coup de téléphone pendant le dîner. Carolyi échange avec l'ingénieur quelques propos arrêtés d'avance, et l'ingénieur annonce que Merrill le réclame, tout en précisant qu'il n'a pas reconnu sa voix. Ainsi, tout le monde sera persuadé qu'il a été attiré dans un piège. Troisième temps : M. Skinner, ne pouvant imaginer que Bob a eu un malaise et que les deux garçons sont rentrés à la maison, revient chez lui, sachant que Mrs. Humphrey est couchée, et qu'il va pouvoir se comporter exactement comme un voleur..., avec cette différence « qu'il fera assez de bruit pour être entendu par la gouvernante », car il a besoin, pour la police, du témoignage de la vieille femme. Il sera évident que quelqu'un — le visiteur de l'après-midi — s'est introduit dans la villa grâce aux clefs qu'il a prises à M. Skinner, après avoir attaqué ce dernier alors qu'il se rendait chez M. Merrill. Ce que confirmerait, d'autre part, l'ingénieur, qui déclarerait avoir été frappé et assommé. »

Tel était bien le plan. François en était sûr. Ses explications s'ajustaient si étroitement aux faits qu'aucune autre solution ne pouvait être retenue.

Il ouvrit les yeux. La voiture tournait autour d'une place inconnue, dans un quartier de bureaux et de banques, car on voyait, sur les trottoirs, des gentlemen en melon, parapluie au bras et attaché-case à la main. Mais le spectacle de la rue ne pouvait distraire François de ses pensées.

Pauvre M. Skinner ! Quelle avait dû être sa frayeur quand il avait entendu les pas des deux garçons, dans l'escalier ! Il avait fui à toutes jambes, pour rejoindre sa voiture où Carolyi devait l'attendre. Hélas ! Bob avait tiré !... Et l'impossible, comme il arrive souvent, s'était produit. Un homme entraîné aurait raté la cible, à cause de l'obscurité. Bob, lâchant son coup de feu au hasard, avait fait mouche. Voici l'ingénieur blessé à bord de la Morris. Bref conseil de guerre, sans doute. Mais les deux hommes n'ont pas le choix. Il n'est pas tard, ils peuvent penser que les premiers secours ne tarderont pas à arriver ; ils peuvent surtout penser que la blessure n'est pas grave. Carolyi conduit donc immédiatement son compagnon à proximité du domicile de M. Merrill et, abandonnant la voiture, disparaît avec les plans.

Et alors, de la façon la plus inattendue et la plus dramatique, va se trouver confirmée la version de l'agression et du cambriolage. Qui pourrait supposer une seconde que M. Skinner est l'auteur du vol dont il est la victime ? Le voilà innocenté, à condition que la police n'enquête pas sur l'arme qui a tiré la balle. Qu'on découvre le pistolet et le plan de l'ingénieur s'écroule. Or, on peut faire confiance à la police. Lentement, méthodiquement, elle finira par découvrir la vérité. Carolyi a dû comprendre cela du premier coup. Il faut à tout prix récupérer les pistolets, mais comment ?...

Là, Sans-Atout hésite. Il tâtonne. Il n'est qu'un détective amateur, pas encore habitué à pousser à fond un raisonnement rigoureux. Mais il est facile d'aller un peu plus loin...

Qui peut agir, désormais ?... Miss Mary, parbleu ! L'ingénieur n'aurait sans doute jamais consenti à avouer à sa fiancée la machination qu'il avait imaginée. Mais Carolyi n'a pas de ces scrupules. Il est en danger, lui aussi. Il doit donc tout raconter à Miss Mary et la supplier d'intervenir. Lui téléphone-t-il, en pleine nuit ? Se rend-il chez elle ?... Cela, c'est un détail sans importance. Ce qui est sûr, c'est que la jeune femme est prête à tout pour sauver M. Skinner. La preuve ?... Eh bien, le coup de la mallette. Elle fera disparaître l'étui aux pistolets. Seulement, si les pistolets disparaissent seuls, on risque de se poser des questions trop précises ; alors, comme elle est rusée, elle escamotera également des objets insolites, comme la main de marbre, l'éléphant, le kriss malais. Ainsi, ce second cambriolage paraîtra absurde, incohérent, et ajoutera encore au mystère.

D'où les événements de la seconde nuit. Tout le monde étant endormi, Miss Mary a toute facilité pour agir. Elle cache les objets dans sa chambre, puis découpe une vitre du salon, soulève la fenêtre et va donner l'alarme. Qui pourrait penser ?... Et, le lendemain, elle va porter la mallette à Carolyi, qui attend, dans la rue. Les pistolets soustraits à la police, on peut commencer à respirer.

Et là, soudain, Sans-Atout rougit. Comme il s'en veut, maintenant ! Car il a tout compromis par son intervention. S'il n'avait pas eu cette idée idiote de filer l'homme roux, reconnu dans le couloir de l'hôpital, s'il n'avait pas repéré la maison où ce dernier s'était installé ; enfin, s'il n'avait pas récupéré la mallette, croyant réaliser un coup de maître, le malheureux M. Skinner aurait attendu paisiblement l'opération et Miss Mary n'aurait pas connu ces heures affreuses. Sans-Atout les imagine sans peine ! Et lui qui soupçonnait la courageuse jeune femme. Il comprend, maintenant, pourquoi elle pleurait, dans le jardin. Et pourquoi elle s'était composé ce masque un peu farouche, quand elle était en présence de Bob. Epargner le fils ! Sauver l'honneur du père ! Affronter la police sans un tremblement ! Comment pourrait-il jamais s'acquitter envers elle, se faire pardonner ses doutes, ses soupçons ? Et surtout comment pourrait-il effacer la suite, car tout ce qui était arrivé, après la récupération de la mallette, c'était lui qui l'avait provoqué...

Ralentissement. Embouteillage. Morrisson regarde sa montre et allume une cigarette. Il est plongé dans ses pensées, lui aussi. François reprend sa méditation. Il n'est pas fier de lui. Mais quoi ! Il a cru agir pour le bien de M. Skinner... Les pistolets leur ayant été repris, et ils ignoraient par qui, quelle parade Carolyi et Miss Mary pouvaient-ils imaginer ? Il n'en restait qu'une, désespérée. Empêcher la balle qui avait blessé M. Skinner de tomber entre les mains de la police ; donc, enlever l'ingénieur pour le faire soigner ailleurs. Ce Carolyi était sans doute bien introduit dans un certain milieu un peu louche et quelque chirurgien marron était prêt — moyennant finance — à extraire le projectile. D'où l'extraordinaire kidnapping. Pas extraordinaire, à la réflexion, puisque M. Skinner était forcément d'accord ! Tant qu'on pensait qu'il avait été enlevé de force, l'affaire paraissait incompréhensible. Mais à partir du moment où il coopérait à son propre enlèvement, il n'y avait plus de mystère. C'était lui, de toute évidence, qui avait ouvert la fenêtre de sa chambre à Carolyi, qui se tenait dissimulé dans la petite cour. Carolyi que François et Bob avaient surpris, la veille, alors, sans doute, qu'il venait s'entretenir avec M. Skinner... Le blessé avait beau être sous l'influence d'un tranquillisant, ce n'était pas bien difficile de se traîner jusqu'à la fenêtre et de la soulever. Après ? Carolyi entrait en scène, tout seul, car il n'y avait jamais eu de complices, François le voyait clairement. Il soutenait l'ingénieur, passait par l'issue de secours n'ouvrant que de l'intérieur, et regagnait son Austin, arrêtée devant. Oui, c'était sûrement la bonne explication... Peut-être certains détails étaient-ils à retoucher ? Peut-être M. Skinner se faisait-il plus abattu qu'il n'était et avait-il la force de marcher ? Peut-être n'avait-il pas bu le soporifique ordonné par le médecin ? Peut-être... Mais les « peut-être » importaient peu à François. Ce qui comptait, c'était le schéma général de l'explication.

Et il savait qu'il tenait la solution. M. Skinner avait donc été amené à la maison de Carolyi. Hélas ! Deuxième échec. Lui, François, était encore intervenu. Et, cette fois, Miss Mary avait accepté la défaite. Carolyi avait dû fuir, et les policiers avaient retrouvé l'ingénieur, très affaibli, et qui risquait, maintenant, de payer cher tous ces déplacements. « J'ai été reçu gentiment, pensait François. Bob est un merveilleux ami. Miss Mary est une femme digne d'éloges. M. Skinner... est ce qu'il est. Je n'ai pas à le juger. Et moi, avec ma curiosité, mon besoin de savoir, j'ai apporté le trouble dans cette famille. Je suis vraiment le dernier des derniers. »

Il se sentait si poisseux de remords qu'il faillit se confier à Morrisson. Mais c'était la dernière chose à faire. La mallette était bien cachée. Morrisson était en possession de la balle, mais tant qu'il ne mettrait pas la main sur les pistolets, la vérité resterait cachée... Et, d'autre part, étant donnée la façon tragique dont les événements avaient tourné, il paraissait évident que le fabricant étranger ne prendrait pas le risque terrible d'être un jour soupçonné d'avoir trempé dans un crime, et renoncerait à son projet de fabriquer les automates.

— Voilà l'hôpital, dit l'inspecteur. Vous n'êtes guère bavard, mon garçon... Je vous laisse là ?

— S'il vous plaît.

La voiture stoppa.

— Eh bien, bon retour, reprit l'inspecteur. Et soyez sans inquiétude. Le coupable sera arrêté.

Il agita la main et repartit. Il y avait un

policeman en faction devant la porte de la chambre. François faillit hausser les épaules. M. Skinner ne risquait plus d'être enlevé! Il frappa et ce fut Miss Mary qui lui ouvrit. Elle avait toujours le même visage soucieux qu'un sourire de politesse éclaira à peine.

— Vous voyez! dit-elle, avec une imperceptible nuance de reproche.

M. Skinner, les yeux clos, semblait dormir. Etendu sur un lit de camp, Bob reposait.

— Ça y est, dit Bob. La transfusion est faite. J'avais un peu peur, mais ce n'est rien du tout. Ça ne fait pas mal. L'embêtant, c'est qu'il faut rester allongé un moment, après.

— Chut, murmura Miss Mary. Jonathan sommeille. Il est très faible, mais il a toutes les chances de s'en tirer.

— J'en suis bien heureux, dit François. Je peux donc partir sans crainte. J'ai l'intention de prendre le train de Douvres de quinze heures. Après, j'ai un bateau à dix-sept heures... Je suis venu pour vous remercier... de tout... Je regrette que les circonstances... Mais maintenant... Une autre fois, peut-être...

Il bafouillait.

— On s'écrira souvent, dit Bob.

— C'est cela, intervint Miss Mary, qui semblait détester les effusions. Vous vous écrirez souvent... Ne m'en veuillez pas, François, j'aurais voulu vous accompagner, mais il m'est difficile, en ce moment...

Elle n'eut pas le temps d'achever sa phrase, car une infirmière entra lui annoncer qu'elle était demandée au bureau. Elle serra précipitamment la main de François et disparut. François s'approcha de son ami.

— Vieux Bob, dit-il. On n'a pas eu de chance...

Tu ne m'en veux pas, au moins ?

— Mais non. Tu reviendras, voilà tout.

Il tourna la tête vers son père et sourit.

— Quand il rouvrira les yeux, il sera bien épaté. Lui qui prétendait que je ne suis bon à rien... Je suis quand même là pour un coup. C'est du sang au poil que je lui ai donné. Regarde-le. Il a déjà des couleurs aux joues.

M. Skinner, livide, respirait faiblement, mais François approuva.

— C'est vrai, il a des couleurs.

— Ça me fait de la peine de te quitter, reprit Bob. Tu vas peut-être nous oublier...

— Penses-tu.

— Ecoute... Emporte un souvenir... ce que tu voudras... pourvu que ce soit quelque chose qui te parle de moi... Veux-tu un dessin ?... Veux-tu... je ne sais pas.

— Il y a quelque chose qui me ferait plaisir... La mallette... Elle est toujours dans la voiture ?

— Formidable, fit Bob. Après ce qui s'est passé, moins on la verra chez nous, mieux cela vaudra. Emporte-la. Elle est à toi.

— Merci.

— Donne ta main.

François mit sa main dans celle de Bob qui la tint longtemps serrée.

— Maintenant, va-t'en vite, chuchota Bob. Je vais fermer les yeux. Quand je les rouvrirai, tu ne seras plus là... C'est bête, la vie... Ma veste est au portemanteau. Les clefs de la Morris sont dans la poche gauche. Laisse-les au tableau de bord... Au revoir, François.

François sortit sur la pointe des pieds.

François s'arrêta au bord du quai, à quelque distance du bateau. Cette femme, qui descendait de voiture, qui marchait vers lui, enveloppée

d'un ciré bleu que le vent gonflait, c'était Miss Mary. Il posa à terre sa valise, mais garda la mallette à la main. Miss Mary fit encore quelques pas et s'arrêta à son tour.

— J'ai voulu vous remercier, dit-elle. Vous avez tout compris ?

— Je crois.

— Et..., c'est pourquoi vous avez choisi d'emporter cette mallette en France ?

— Non, dit François. En France, elle ne serait pas encore en sûreté. Et personne ne doit jamais savoir, n'est-ce pas ? Aussi...

Il regarda autour de lui. Personne. Alors, d'un simple mouvement du bras, il jeta la mallette à l'eau.

— Elle est à moi, dit-il. Bob me l'a donnée. J'ai le droit d'en disposer. Maintenant, vous pouvez être tranquille. L'inspecteur Morrisson ne saura jamais par quel pistolet a été tirée la balle.

Ils restèrent quelques secondes immobiles, l'un devant l'autre.

— François, murmura Miss Mary, je vous avais mal jugé. Pardon !... Vous permettez que je vous embrasse ?

Elle avait les joues mouillées et un merveilleux sourire illuminait son visage.

Table

1 — Skinner père et fils   7

2 — Le mystérieux visiteur   24

3 — Le classeur rouge   40

4 — Miss Mary   57

5 — Un étrange butin   73

6 — La folle équipée   90

7 — L'inexplicable enlèvement   108

8 — Le tout pour le tout   124

9 — Les pistolets   141

FOLIO JUNIOR ÉDITION SPÉCIALE

Boileau-Narcejac

Les pistolets de Sans Atout

Supplément réalisé par
Christian Biet,
Jean-Paul Brighelli,
Jean-Pierre Gattégno
et Jean-Luc Rispail

Illustrations de Philippe Munch

SOMMAIRE

ÊTES-VOUS PLUS PROCHE DE SANS ATOUT OU DE BOB ?

1. AU FIL DU TEXTE

PREMIÈRE PARTIE (p. 165)

Dix questions pour commencer
Argot et verlan
Cockney ? Vous avez dit cockney ?
Êtes-vous bilingue ?
D'où viennent-ils ?
En vol

DEUXIÈME PARTIE (p. 169)

Dix questions pour continuer
Comment inquiéter ses parents
Et si on allait au pub ?
La maison du cambrioleur
Un portrait peu flatteur
Vrai ou faux ?

TROISIÈME PARTIE (p. 174)

Dix questions pour conclure
Testez votre culture
Coupable ou non coupable
Comment ont-ils procédé ?
Pour récapituler
Le paysage à l'aveuglette

2. JEUX ET APPLICATIONS (p. 180)

Le jeu des chapitres
Qui dit quoi ?
Comment créer le suspense
Les mots brouillés

3. L'ÉNIGME CRIMINELLE ET L'INVESTIGATION POLICIÈRE (p. 183)

Le Mystère de la Chambre Jaune, Gastoux Leroux
Sueurs froides, Boileau-Narcejac
Le Professeur a disparu, Jean-Philippe Arrou-Vignod
Trafic d'or sous les T'ang, Robert Van Gulick

4. SOLUTIONS DES JEUX (p. 189)

ET TOUT D'ABORD, UN TEST !

ÊTES-VOUS PLUS PROCHE DE SANS ATOUT OU DE BOB ?

François et Bob sont d'excellents amis. Pourtant, leurs personnalités sont fort différentes. Bob aurait tendance à se laisser vivre. Il est gourmand, obèse, rêveur et d'un tempérament artiste. François, lui, est plutôt dans l'action, souvent impulsif et toujours curieux. En outre, c'est un esprit cartésien qui aime les raisonnements rigoureux et logiques. Êtes-vous Bob l'artiste ou François l'homme d'action ?

1. *Au collège, votre cours préféré, c'est :*
A. La peinture ☆ ☆ ○
B. L'éducation physique △ ○ △
C. Les mathématiques △ △ △

2. *Dans une ville inconnue, vous commencez par :*
A. Chercher un plan au syndicat d'initiative △ ☆ △
B. Repérer le meilleur restaurant ☆ ☆ ○
C. Flâner au hasard des rues ☆ ☆ △

3. *Lequel de ces personnages préférez-vous ?*
A. Jean Valjean △ ☆ ○
B. Arsène Lupin ☆ ☆ ○
C. Maigret △ ○ △

4. *Vous échouez sur une île déserte :*
A. La beauté des paysages vous enthousiasme ☆ ☆ △
B. L'angoisse vous saisit ☆ ○ ○
C. Vous vous repérez sur l'étoile polaire △ △ ○

ET TOUT D'ABORD, UN TEST !

5. *Si vous étiez un arbre vous seriez :*
A. Un peuplier △△△
B. Un baobab ○○☆
C. Un pommier ☆○△

6. *Si vous étiez un animal, vous seriez :*
A. Un rhinocéros △☆△
B. Une couleuvre ○☆☆
C. Un chat ☆○△

7. *La meilleure manière de préparer un examen, c'est :*
A. De réviser entre deux plongeons à la piscine ☆☆☆
B. D'équilibrer sport et révisions △☆△
C. De réviser sans relâche ○○○

8. *Votre avion a du retard :*
A. Vous attendez en maugréant ☆○△
B. Vous patientez avec un bon roman policier ○☆△
C. Vous cherchez un autre moyen de transport △○△

9. *De ces trois proverbes, lequel vous convient ?*
A. Il faut saisir la balle au bond △△△
B. Pierre qui roule n'amasse pas mousse ○☆△
C. La véritable amitié ne gèle pas en hiver ☆☆△

10. *Selon vous, l'invention la plus utile, c'est :*
A. La roue ☆△△
B. La tarte Tatin ☆☆☆
C. Le chiffre zéro △☆△

11. *En vacances, vous aimez :*
A. Partir à l'aventure, sans rien organiser ☆△△
B. Organiser de façon précise votre emploi du temps ○☆☆
C. Alterner culture et détente ☆○△

12. *Que préféreriez-vous pratiquer ?*
A. Le tennis △△△
B. Les échecs △○△
C. La pétanque ☆☆☆

Solutions page 189

1
AU FIL DU TEXTE

PREMIÈRE PARTIE
(p. 7-56)

Dix questions pour commencer

Dans une enquête policière les premiers éléments sont souvent déterminants. Ces questions portent sur les trois premiers chapitres. En y répondant sans consulter le texte vous pourrez faire le point de vos connaissances. Reportez-vous ensuite à la page des solutions.

1. *Jonathan Skinner est :*
A. Mathématicien
B. Ingénieur
C. Architecte

2. *François est surnommé « Sans Atout », parce que :*
A. Il adore jouer aux cartes
B. Il n'a aucun ordre
C. Il n'a jamais d'argent sur lui

3. *En quittant l'aéroport, François ne passe pas par :*
A. Picadilly Circus
B. Charing Cross
C. Saint Paul's Cathedral

4. *Le premier étage de la maison de M. Skinner comporte :*
A. Trois chambres
B. Quatre chambres
C. Cinq chambres

5. *M. Skinner présente M. Merrill comme :*
A. Son avocat
B. Son associé
C. Son bailleur de fonds

6. *A l'arrivée de Mrs. Humphrey, Bob remet dans l'étui :*
A. Les deux pistolets chargés
B. Un seul pistolet chargé
C. Les deux pistolets vides

7. *Pour faire fuir le cambrioleur, François :*
A. Appelle la police
B. Tire un coup de pistolet
C. Fait du bruit

8. *Bob et François vont écouter un concert à :*
A. Festival Hall
B. Concert Hall
C. Carnegie Hall

9. M. Tom n'obéit pas à François, parce que :
A. Il ne comprend pas l'accent français
B. Il n'obéit qu'à M. Skinner
C. François n'a pas donné son ordre correctement

10. François est intrigué par le fait que le voleur :
A. N'a pas emporté tous les papiers de M. Skinner
B. Possédait les clés de la maison
C. Connaissait parfaitement la maison

Solutions page 189

Argot et verlan

Bob Skinner a appris « l'argot des collégiens » au contact de François. Si les deux amis s'étaient rencontrés aujourd'hui, nul doute que François aurait initié Bob aux charmes du verlan. Voici un extrait du premier chapitre, transposé en verlan. Sauriez-vous le traduire pour Bob ?

« Mencedou ! Ce n'était pas le menmo de céler rircou son sionnajimahi, mais de cléboure sa tursin, car une voix de meuf sénona l'vériha à Frohit, distan que s'méluha une sioncripins tanvihin les jeuryavoi à cesse de méfu. La Velraca tisor des ajnu et la pluie lasserui sur les blohu. Soisfranc navide tout près, et lanfidé à toute tessvi, des anch, des jelavi, une gneupacan quetidenhi, à la Dimannor. L'Tergleuhan. »

Solutions page 190

Cockney ? Vous avez dit cockney ?

« On entend l'accent cockney jusque dans la Chambre des Communes », remarque M. Skinner. Il s'agit de l'accent des quartiers populaires de Londres.
On en trouve l'équivalent dans toutes les grandes villes du monde. Pouvez-vous rendre son quartier populaire à chacune des villes citées ?

1 : Londres - **2** : Lyon - **3** : New York - **4** : Paris - **5** : Rio de Janeiro - **6** : Rome - **7** : Venise

A : Belleville - **B** : Bronx - **C** : Croix-Rousse - **D** : Favelas - **E** : Mestre - **F** : Soho - **G** : Trastevere

Solutions page 190

Êtes-vous bilingue ?

François et les Skinner se rencontrent dans la plus parfaite confusion, le premier parlant anglais et les autres s'exprimant en français.
Ce qu'ils se disent n'est pas rapporté dans le livre, mais voici quel pourrait être leur dialogue :

François – I'm glad to meet you.
M. Skinner – Nous aussi, nous sommes contents de vous voir, François.
Bob Skinner – As-tu fait un bon voyage ?
François – Yes, thank you. It was a very nice trip.
M. Skinner – C'est la première fois que vous preniez l'avion ?
François – Yes, it was my first flight. But I've not been afraid at all.
Bob Skinner – Moi non plus, la première fois que j'ai pris l'avion, je n'ai pas eu peur.
M. Skinner – Allons-y les enfants. Je vous propose de boire une tasse de thé et de nous mettre en route pour la maison.
Bob Skinner – Mon père a raison, François. Récupérons tes bagages et allons-y.

Sauriez-vous rendre à chacun de ces personnages sa langue maternelle en traduisant en français ce que dit François et en anglais ce que disent M. Skinner et son fils ?

Solutions page 190

D'où viennent-ils ?

Voici quelques-uns des objets qui se trouvent dans le salon, que Bob appelle « le musée » :

A. Un très beau tapis persan
B. Des laques, des jades, des ivoires
C. Une table de fumeur d'opium avec les pots et les aiguilles
D. Un paravent
E. Un moulin à prières
F. Un boomerang
G. Un sabre de samouraï

De quels pays viennent ces objets ? Attribuez chacun des objets aux pays suivants. Attention, certains d'entre eux peuvent provenir d'un même pays !

Australie - Chine - Inde - Iran - Japon

Solutions page 190

En vol

« François Robion détacha sa ceinture. C'était la première fois qu'il prenait l'avion et il n'avait pu s'empêcher de serrer les dents quand l'énorme appareil s'était rué en avant, dans le fracas de ses réacteurs. » (p. 7)

1. Sans Atout n'est pas très rassuré... aussi s'exagère-t-il quelque peu les dimensions de son avion ! Au fait, quel est le nom de ce type d'appareil ?

2. Vous connaissez, bien sûr, l'aéroport d'Orly. Mais saurez-vous rendre à chacune de ces grandes villes son aéroport ?

1. Londres		**A.**	Barajas
2. New York		**B.**	Hellénikon
3. Rome		**C.**	Rhein Main
4. Athènes		**D.**	Otopeni
5. Francfort		**E.**	Heathrow
6. Bucarest		**F.**	J.F. Kennedy
7. Berlin		**G.**	Fiumicino
8. Madrid		**H.**	Schönefeld

Solutions page 191

AU FIL DU TEXTE

DEUXIÈME PARTIE
(p. 57-107)

Dix questions pour continuer

L'enquête progresse lentement, il est vrai. Mais vous, comment avancez-vous dans votre lecture ? Ces dix questions devraient vous permettre de faire le point.

1. *Miss Margrave demande à François :*
A. De retourner en France
B. De rester à Londres en ne se mêlant de rien
C. De faire alliance avec elle

2. *L'invention de M. Skinner est protégée contre :*
A. Toutes les reproductions
B. Les reproductions grossières uniquement
C. Les reproductions étrangères uniquement

3. *Un de ces objets n'est pas dans le bureau de Sherlock Holmes :*
A. La loupe
B. Le violon
C. La babouche persane

4. *Un de ces objets n'a pas été dérobé par le cambrioleur :*
A. Un poignard
B. Une main de marbre
C. Un sabre de samouraï

5. *Le musée Tussaud est consacré :*
A. Aux œuvres d'art
B. Aux criminels
C. A la marine anglaise

6. *On devine que Miss Mary remet la valise à contrecœur :*
A. Parce que l'inconnu tente de la lui arracher
B. Parce qu'elle pleure
C. Au fait qu'elle se dispute avec l'inconnu

7. *Pour Sans Atout, la mallette remise à l'inconnu par Miss Mary pourrait contenir :*
A. Le butin du cambriolage de la veille
B. Le double du classeur rouge
C. Des papiers compromettants pour M. Skinner

8. *Dans la maison du bandit, Sans Atout est découvert, car :*
A. Le plancher grince
B. Une fenêtre claque
C. Il fait une chute

9. *Selon Bob, la filature de l'Austin les a conduits :*
A. Dans la banlieue nord de Londres
B. Dans le quartier des entrepôts, le long de la Tamise
C. Dans un quartier mal famé au nord de Soho

10. *Dans son journal, Sans Atout réalise :*
A. Qu'il maîtrise parfaitement la situation
B. Que les objets sont plus importants qu'il ne croyait
C. Qu'il a encore beaucoup de choses à apprendre de la vie

Solutions page 191

Comment inquiéter ses parents

C'est toujours la même chose, lorsqu'on écrit à ses parents : il faut les rassurer. Ainsi François se croit-il obligé d'aligner laborieusement des banalités : « *Il pleut beaucoup... c'est tous les ans la même chose...* », etc.
Et si on oubliait ces précautions ? Pour cela, il vous suffit de raconter ce qui s'est réellement passé depuis l'arrivée de François à Hastlecombe, comme si vous étiez le héros. Alors à vos plumes, et ne ménagez pas vos parents ! N'oubliez pas de parler des pistolets qui se trouvent dans le salon, du mystérieux visiteur, de l'attentat dont M. Skinner a été victime, des visites de la police et, surtout, ne craignez pas d'insister sur le climat d'insécurité qui règne à Hastlecombe.

Et si on allait au pub ?

Miss Mary conduit Bob et François dans un pub. Un pub, c'est un établissement où l'on peut consommer des boissons alcoolisées entre onze heures et treize heures et entre dix-huit heures et vingt-trois heures.
Savez-vous d'où vient le mot « pub » ?
Voici cinq hypothèses sur l'origine de ce mot. A vous de trouver la bonne.

A. Les pubs étaient interdits aux enfants. Seuls les adolescents (ceux qui avaient atteint la puberté) y étaient admis à condition d'être accompagnés par leurs parents. Pour cette raison, ces établissements étaient appelés : *Puber-houses*.

B. Les pubs sont des établissements d'État. Ils sont ouverts à tout le monde et les tarifs sont les mêmes quel que soit le quartier. Pour cette raison, on les a appelés : *Public-houses.*

C. Sous la Rome antique, les publicains étaient ceux qui s'occupaient de la collecte des impôts. A l'origine, à Londres, les pubs étaient fréquentés par les fonctionnaires des impôts. Pour cette raison, on les a appelés : *Publican-houses.*

D. Au XVIIIe siècle, les publicistes étaient des journalistes. Entre deux articles, ils allaient se désaltérer dans les pubs, d'où le nom de : *Publicist-houses.*

E. Dans tous les pubs, que ce soit au bar ou dans les salles, on trouve des affiches publicitaires vantant telle bière, tel whisky ou telle marque de cigarettes. Dans certains établissements, il y en a une telle profusion qu'on les a appelés : *Publicity-houses.*

Solutions page 191

La maison du cambrioleur

Le moins que l'on puisse dire, c'est que la maison du cambrioleur n'est pas particulièrement bien entretenue. Voici la description des différentes pièces qui la composent. A vous de les reconnaître. Attention ! une des descriptions n'est pas dans le livre et ne renvoie à aucune des pièces.

1. Il sent le moisi et l'abandon
2. Les chaises sont bancales et les carreaux de la fenêtre sont cassés
3. Il n'y a pas de frigidaire et on ne doit pas la balayer souvent
4. Il y a une table sur laquelle sont posés un téléphone et un annuaire
5. On remarque, dans cette pièce, un buffet imitation Régence et des gravures qui représentent des scènes de chasse à courre

Solutions page 191

Un portrait peu flatteur

A la différence des autres protagonistes du récit, M. Merrill offre, « une physionomie facile à lire ». (p. 83) En voici les principales caractéristiques, classées par rubrique :

1. *La disgrâce physique*
- des yeux gris vaguement injectés
- l'œil droit plus petit que le gauche
- un nez puissant et sanguin

2. *Le manque de finesse*
- une bonne grosse face
- une moustache bourrue

3. *Le manque d'élégance*
- la moustache roussie par la cigarette
- la marque rougeâtre du chapeau melon autour du front

4. *L'égocentrisme*
- ses phrases commencent par : « Moi, ma chère demoiselle... », « Moi, mon cher Bob... »

5. *L'intérêt*
- il veille sur M. Skinner par amitié et parce qu'il vaut des millions

6. *La vulgarité*
- un accent à rendre malade M. Skinner
- la voix graillonneuse et enrouée

M. Merrill n'est donc pas gâté par la nature. Ne le laissez pas dans un tel état !
Faites de lui un nouveau portrait, de façon qu'il apparaisse :

- beau
- fin
- élégant
- altruiste
- généreux
- distingué

AU FIL DU TEXTE 173

Vrai ou faux ?

Répondez par vrai ou par faux à ces dix affirmations portant sur le chapitre « La folle équipée ».

	Vrai	Faux
1. François atteint sa chambre grâce à un rétablissement	☐	☐
2. En escaladant le mur, François s'est blessé à l'orteil et à la main	☐	☐
3. Miss Mary désapprouve l'idée d'aller chez Mme Tussaud	☐	☐
4. Selon Bob, Miss Mary a hérité d'une propriété, de rentes et d'immeubles	☐	☐
5. M. Skinner met François et Bob à la porte de sa chambre	☐	☐
6. François et Bob reconnaissent le mystérieux visiteur à sa barbe et à sa moustache	☐	☐
7. Le mystérieux visiteur saute dans son Austin pour échapper à François et Bob	☐	☐
8. Le mystérieux visiteur conduit vite et mal	☐	☐
9. Bob redoute une panne d'essence en pleine poursuite	☐	☐
10. Aucun des objets volés ne manque dans la mallette	☐	☐

Solutions page 191

TROISIÈME PARTIE
(p. 108-158)

Dix questions pour conclure

Vous voici arrivé au terme du roman. Ces dix questions vous permettront de savoir ce que vous avez retenu des rebondissements et péripéties qui ont marqué l'enquête de Sans Atout. Reportez-vous ensuite à la page des solutions pour vérifier vos réponses.

1. *François et Bob sèment leur poursuivant :*
A. En appuyant à fond sur l'accélérateur
B. En prenant un sens interdit
C. En tournant à droite

2. *Une de ces infractions n'a pas été commise par François, laquelle ?*
A. Conduite sans permis
B. Violation de propriété privée
C. Provocation indirecte d'accident

3. *Bob refuse de caricaturer François parce que :*
A. Il l'aime bien
B. Il craint de ne pas le réussir
C. Il a peur de se brouiller avec lui

4. *Selon l'inspecteur Morrisson, on a enlevé M. Skinner pour :*
A. L'échanger contre des renseignements sur les marionnettes
B. Qu'il complète le classeur rouge
C. Obtenir une rançon de M. Merrill

5. *Pour entrer chez l'homme à l'Austin, Miss Mary :*
A. Sonne
B. Ouvre avec sa clé
C. Signale sa présence en donnant de petits coups sur la porte

6. *Pour obtenir le silence de François, Miss Mary :*
A. Use de la menace
B. Réussit à se disculper
C. Lui demande de ménager Bob

7. *La maison où se trouvait M. Skinner a été louée par :*
A. Un certain major Henderson
B. Un certain Laslo Carolyi
C. Un certain Lopez Kaposva

8. *Avec les pistolets, Miss Mary escamote d'autres objets :*
A. Pour donner le change à la police
B. Parce qu'ils ont une valeur sentimentale pour elle
C. Parce que M. Skinner les avait réclamés

AU FIL DU TEXTE

9. *M. Skinner a organisé la mise en scène du vol parce qu'elle désirait :*
A. Se venger au plus vite de M. Merrill
B. Demander davantage d'argent à M. Merrill
C. Vendre son invention une seconde fois

10. *Finalement, le plan de M. Skinner a échoué parce que :*
A. Sans Atout s'est montré trop curieux
B. Miss Mary a commis des maladresses
C. Bob est beaucoup trop gourmand

Solutions page 192

Testez votre culture

Bob et François décident de se rendre chez Mme Tussaud. Ce nom désigne un fameux musée de Londres, équivalent de notre musée Grévin, à Paris. Le visiteur, qui en franchit le seuil, côtoie alors bien des personnages célèbres. Pourtant, même s'ils semblent toujours sur le point de s'animer, ces derniers ne sont que des figures de cire !

1. Mme Tussaud est un nom curieux pour désigner un musée anglais ! Savez-vous qui était cette femme ? Voici trois hypothèses la concernant. Avec un peu de perspicacité, vous devriez trouver la bonne !

A. Mme Tussaud était française. Son père étant bourreau, elle eut l'idée de mouler dans la cire les masques mortuaires des condamnés qui montaient sur l'échafaud.
B. Mme Tussaud fut à l'origine du musée Grévin à Paris. Plus tard, les Anglais créèrent un musée identique à Londres et lui donnèrent le nom de l'inspiratrice du célèbre musée parisien.
C. Tussaud est en réalité l'anagramme de Daustus. Ce personnage, d'origine allemande, vivait à Londres au XIXe siècle. Il avait la réputation de mouler des masques de cire sur des êtres vivants. Pour cette raison, on donna son nom au musée, après en avoir changé l'ordre des lettres.

2. Petite question subsidiaire : le musée Tussaud se trouve Baker Street ; savez-vous quel personnage célèbre a vécu au numéro 221 de cette rue ?

Solutions page 192

Coupable ou non coupable

Après la folle course poursuite avec l'Austin, Bob énumère les « choses idiotes ou interdites » (p. 111) que François et lui ont faites :
Premièrement : Bob a conduit sans permis.
Deuxièmement : ils ont repéré la maison du voleur mais ils ne pourraient la retrouver.
Troisièmement : François est entré en cachette dans une propriété privée.
Quatrièmement : ils ont provoqué un accident.
Si le deuxièmement ne constitue pas une infraction, le reste, en revanche, est passible de sanctions.
Imaginez que François et Bob passent en jugement pour ces délits. Vous êtes leur avocat. Deux hypothèses sont possibles. Vous pouvez plaider :
– *Coupable avec circonstances atténuantes :* c'est ce qui semble le plus logique, puisque Bob et François n'ont commis ces infractions que pour arrêter un criminel.
– *Non coupable :* et il vous faudra prouver que vos clients n'ont pas commis les actes qu'on leur reproche ou alors que ceux-ci ne constituent pas des infractions.
Bien entendu, pour que ce procès se déroule dans les formes, il faudra, en outre, prévoir un juge et deux assesseurs pour diriger les débats, un procureur pour accuser et, pourquoi pas, des témoins à charge et à décharge.
Le jugement sera rendu par le juge et ses deux assesseurs.

Comment ont-ils procédé ?

L'enlèvement de M. Skinner est un véritable casse-tête pour l'inspecteur Morrisson. Pour y voir un peu plus clair, l'inspecteur propose cinq hypothèses.

– *D'une part,* pour entrer dans l'hôpital et ressortir avec le malade, les ravisseurs n'ont pu passer que par l'un de ces trois endroits :
1. La fenêtre de la chambre
2. La sortie de secours
3. Le corridor

– *D'autre part :*
4. Le bruit : « N'importe comment, on fait fatalement du bruit » (p. 120)

– *Enfin :*
5. La complicité intérieure

Or, selon l'inspecteur Morrisson, « aucune de ces hypothèses ne tient debout ».

Parmi les explications qui suivent, indiquez celles qui conviennent à chacune des hypothèses. Bien entendu, vous veillerez à ne pas vous laisser séduire par les fausses explications qui se sont mêlées aux vraies !

A. Elle est protégée par des grilles, on n'a pu passer par là
B. Il longe une petite salle gardée nuit et jour par une infirmière
C. Elle était fermée
D. L'infirmière de nuit n'a rien remarqué d'anormal
E. Un signal d'alarme se déclenche dès qu'on essaie de la forcer
F. L'infirmière de nuit est insoupçonnable
G. Encombré de chariots, il était impossible d'y circuler rapidement
H. Puisqu'elle était fermée de l'intérieur, on n'a pu entrer par là sans l'aide d'un complice.

Solutions page 192

Pour récapituler

Pour compenser le manque à gagner avec M. Merrill, M. Skinner comptait revendre une seconde fois son invention. Il a monté une étonnante mise en scène pour détourner les soupçons qui pourraient naître du fait qu'une autre entreprise fabrique les mêmes automates.
Voici les grandes lignes de cette mise en scène et les obstacles imprévus qui l'ont fait échouer.
Une partie des faits est indiquée dans la première série. A vous de les compléter à l'aide des faits contenus dans la deuxième série. Attention, il peut arriver que plusieurs faits de la seconde série complètent la première.

PREMIÈRE SÉRIE

1. Laslo Carolyi se présente déguisé chez M. Skinner.
2. M. Skinner fait croire que M. Merrill le réclame d'urgence.

3. Alors que Bob et François sont à Festival Hall, M. Skinner revient chez lui afin de cambrioler sa propre maison.
4. Bob est malade pendant le concert et les deux amis sont de retour plus tôt que prévu.
5. Lorsque la police aura découvert la balle qui a atteint M. Skinner, elle sera en mesure de remonter jusqu'aux pistolets du duel.
6. Miss Mary intervient pour escamoter les pistolets.
7. Bob et François finissent par découvrir la cachette de Carolyi.
8. Miss Mary et Carolyi craignent que la police ne soit en possession des pistolets.
9. Nouvelle intervention de François
10. Carolyi est en fuite.

DEUXIÈME SÉRIE

A. François parvient à récupérer les objets volés – dont le pistolet qui a blessé M. Skinner.
B. Son attitude étrange fera penser qu'il est venu repérer les lieux avant le cambriolage.
C. Après ce qui s'est passé, le fabricant étranger va renoncer à son projet de fabriquer les automates de M. Skinner.
D. Il faut donc faire disparaître les pistolets.
E. Bob l'atteint avec un des pistolets du duel.
F. Elle fait croire à un nouveau cambriolage et, en même temps que les pistolets, dérobe des objets sans importance pour donner le change.
G. Carolyi et Miss Mary abandonnent M. Skinner dans la maison où la police le découvrira un peu plus tard.
H. Il précise qu'il n'a pas reconnu sa voix au téléphone, pour faire croire à un piège.
I. Il ne reste plus qu'à enlever M. Skinner et à le faire soigner ailleurs.
J. Le lendemain, Carolyi vient prendre livraison de ces objets.
K. Mrs. Humphrey, restée seule, pourra témoigner du cambriolage.
L. Ils surprennent le faux cambrioleur.

Solutions page 192

AU FIL DU TEXTE

Le paysage à l'aveuglette

François est enfermé dans le coffre. Il suit sa progression « comme sur un écran de cinéma ». En fait, les seuls indices de sa progression sont les bruits qui lui parviennent.

A gauche de ce tableau figurent les lieux et les actions que devine François, à droite les indices sonores. Ils ne se trouvent pas au même niveau. A vous de les remettre dans l'ordre qui convient.

Lieux et actions   *Indices sonores*

1. Passage à niveau

A. Miss Mary remonte dans la Daimler ; les graviers craquent ; nouvel arrêt, nouveau grincement

2. Une route plantée d'arbres

B. Ses petits talons résonnent sur la pierre ; elle frappe à petits coups ; la porte s'ouvre, se referme ; silence

3. Un chemin plein d'ornières

C. La portière claque ; les pas de Miss Mary s'éloignent ; grincement rouillé

4. Miss Mary ouvre la grille de la maison

D. L'eau giclait en claques sonores sur la carrosserie ; des cailloux ricochent sur les ailes

5. Fermeture de la grille

E. Une sonnerie grêle retentissait quelque part ; un poids lourd grondait juste derrière la Daimler

6. Miss Mary entre dans la maison

F. Un sifflement saccadé

Solutions page 193

2
JEUX ET APPLICATIONS
Le jeu des chapitres

Essayez de retrouver les différents chapitres du roman à partir des éléments figurant dans ces trois listes. Chaque chapitre trouvé dès la première liste vous vaudra trois points. Si vous êtes obligé de passer à la liste suivante, comptez deux points. Si vous devez utiliser la troisième, comptez un point seulement.

Attention, en cas d'erreur, vous ne marquez aucun point. Si vous n'êtes pas sûr de votre réponse, vous avez intérêt à passer à la liste suivante...

Bonne chance et que le meilleur gagne !

Liste 1

- **A.** Une lampe électrique oubliée sous un fauteuil
- **B.** Une déposition distraite
- **C.** Un détour par Trafalgar Square
- **D.** Une visite chez Sherlock Holmes
- **E.** La malle de la Daimler
- **F.** Une convocation urgente de M. Merrill
- **G.** M. Skinner retrouvé
- **H.** La poursuite en voiture
- **I.** Un cambriolage avec effraction

Liste 2

- **A.** M. Merrill n'a jamais rappelé M. Skinner
- **B.** La victime coupable
- **C.** Une ceinture à reboucler
- **D.** Une visite à Scotland Yard
- **E.** Les caricatures de Bob
- **F.** Un concert interrompu par une tarte aux prunes
- **G.** Une nouvelle fois chez l'homme à l'Austin
- **H.** Miss Mary suspecte
- **I.** Un éléphant, une main, un poignard, deux pistolets

Liste 3

- **A.** Un voleur dans le bureau
- **B.** Les pistolets quelque part au fond de la Tamise
- **C.** M. Tom ne comprend pas l'accent français
- **D.** Une femme de tête sous un aspect fragile

E. Hatfield, banlieue nord-ouest
F. Un pistolet chargé remis dans son étui
G. Miss Mary démasquée
H. Un bruit rassurant de machine à écrire
I. Enfermé dehors

Solutions page 193

Qui dit quoi ?

Tout est terminé et François retourne en France. Quel souvenir a-t-il laissé de son séjour ? Voici ce que pensent de lui les principaux personnages de cette aventure. Essayez de les reconnaître à partir de tout ce que vous savez d'eux.

A. « Curieux personnage ce jeune Français ! Je suis sûr qu'il me cache quelque chose... Enfin, dès que j'aurai mis la main sur ce Carolyi, je connaîtrai le fin mot de cette affaire. »

B. « Au fond, c'est un jeune homme charmant. Peut-être un peu trop curieux et impulsif. »

C. « La prochaine fois, j'inviterai chez moi des gens un peu moins curieux. »

D. « Ce François, vraiment, c'est un chic type. Dommage qu'il soit parti aussi rapidement. J'espère que je le reverrai bientôt. »

E. « Ce petit Français quel fouineur ! S'il n'était pas venu fourrer son nez dans nos affaires, nous aurions pu gagner une fortune ! »

Solutions page 193

Comment créer le suspense

Pour créer le suspense, l'angoisse, il faut donner au lecteur l'impression que le danger se rapproche de plus en plus et que le héros risque sa vie à chaque instant, et ajouter à chaque étape de l'intrigue un élément destiné à faire monter la tension. Puis, à l'ultime seconde, quand tout semble perdu, un événement imprévu, ou un changement d'attitude du héros, va permettre son salut. Entre les deux, un mot ou une expression exprime le renversement de la situation.

JEUX ET APPLICATIONS

Ce type d'épisode peut se décomposer en trois temps :
1. *Le héros menacé :* accumulation des détails
2. *La situation bascule :* « soudain », « c'est alors que », « à ce moment », « brusquement »...
3. *Le héros sauvé :* nouvel élément

Dans les deux extraits qui suivent, vous identifierez les passages qui correspondent à chacun de ces trois moments.

A. « Écartelé en étoile le long du mur, il (François) resta un moment suspendu, incapable de ramener à lui sa jambe gauche, qui n'obéissait plus. Il en avait les larmes aux yeux, de colère, d'impuissance et de peur. Enfin elle osa se décoller et, pour ainsi dire, le rejoindre. » (p. 91)
B. « François chercha la serrure de la malle. Tant pis ! Mieux valait être vu qu'étouffer ! Mais ses doigts hésitaient, palpaient en vain un crochet, des ressorts. Il s'affola soudain. Et s'il était coincé dans cette oubliette ! S'il allait demeurer prisonnier ! Il découvrit enfin le minuscule levier qui libérait le couvercle du coffre. » (p. 126)

Et maintenant que le suspense n'a plus de secrets pour vous, rien ne vous empêche d'écrire des textes de ce genre et de suivre ainsi les traces d'Alfred Hitchcock.

Solutions page 193

Les mots brouillés

Dans cette grille se cachent des noms de personnes et de lieux que vous avez rencontrés dans le récit. Ils peuvent se lire horizontalement et verticalement. Aucune lettre ne sert deux fois. Retrouvez les mots cachés et, avec les lettres restantes, vous saurez ce qui a disparu.

```
S A N S A T O U T S K I N N E R
M H U M P H R E Y P R O B I O N
O A I R L A S L O C A R O L Y I
R H A S T L E C O M B E E T O M
R D E M A R Y M A R G R A V E P
I F E S T I V A L H A L L I S T
S O L E M E R R I L L T S B O B
S W A T S O N E T H O L M E S B
O F R A N C O I S A S T R A N D
N L L S C O T L A N D Y A R D E
```

Solutions page 193

3
L'ÉNIGME CRIMINELLE ET L'INVESTIGATION POLICIÈRE DANS LA LITTÉRATURE

Le Mystère de la Chambre Jaune

Il s'agit souvent d'un meurtre, que rien ne laissait prévoir... Comme chaque soir, le célèbre professeur Stangerson travaille en compagnie de son vieux serviteur, le père Jacques. Son laboratoire est installé dans un pavillon isolé au fond d'un parc. Sa fille, qui l'assiste dans ses recherches, vient de se retirer pour la nuit dans une pièce voisine, où elle s'est enfermée à double tour. Des cris et des coups de revolver retentissent soudain : le père Jacques se précipite, suivi de la concierge, sous la fenêtre de la jeune fille...

« Cinq minutes plus tard, nous étions, la concierge et moi, devant la fenêtre de la " Chambre Jaune ". Il faisait un beau clair de lune et je vis bien qu'on n'avait pas touché à la fenêtre. Non seulement les barreaux étaient intacts, mais encore les volets, derrière les barreaux étaient fermés, comme je les avais fermés moi-même, la veille au soir, comme tous les soirs, bien que mademoiselle, qui me savait très fatigué et surchargé de besogne, m'eût dit de ne point me déranger, qu'elle les fermerait elle-même ; et ils étaient restés tels quels, assujettis, comme j'en avais pris le soin, par un loquet de fer, " à l'intérieur ". L'assassin n'avait donc pas passé par là et ne pouvait se sauver par là ; mais moi non plus, je ne pouvais entrer par là !

C'était le malheur ! On aurait perdu la tête à moins. La porte de la chambre fermée à clef " à l'intérieur ", les volets de l'unique fenêtre fermés, eux aussi, " à l'intérieur ", et, par-dessus les volets, les barreaux intacts, des barreaux à travers lesquels vous n'auriez pas passé le bras... Et mademoiselle qui appelait au secours !... Ou plutôt non, on ne l'entendait plus... Elle était peut-être morte... Mais j'entendais encore, au fond du pavillon, monsieur qui essayait d'ébranler la porte...

Nous avons repris notre course, la concierge et moi, et nous sommes revenus au pavillon. La porte tenait toujours, malgré les coups furieux de M. Stangerson et de Bernier. Enfin elle céda sous nos efforts enragés et alors, qu'est-ce que nous avons vu ? Il faut vous dire que, derrière nous, la concierge tenait la lampe du laboratoire, une lampe puissante qui illuminait toute la chambre.

Il faut vous dire encore, monsieur, que la " Chambre Jaune " est toute petite. Mademoiselle l'avait meublée d'un lit en fer assez large, d'une petite table, d'une table de nuit, d'une toilette et de deux chaises. Aussi, à la clarté de la grande lampe que tenait la concierge, nous avons tout vu du premier coup d'œil. Mademoiselle, dans sa chemise de nuit, était par terre, au milieu d'un désordre incroyable. Tables et chaises avaient été renversées montrant qu'il y avait eu là une sérieuse " batterie ". On avait certainement arraché mademoiselle de son lit ; elle était pleine de sang avec des marques d'ongles terribles au cou – la chair du cou avait été quasi arrachée par les ongles – et un trou à la tempe droite par lequel coulait un filet de sang qui avait fait une petite mare sur le plancher. Quand M. Stangerson aperçut sa fille dans un pareil état, il se précipita sur elle en poussant un cri de désespoir que ça faisait pitié à entendre. Il constata que la malheureuse respirait encore et ne s'occupa que d'elle. Quant à nous, nous cherchions l'assassin, le misérable qui avait voulu tuer notre maîtresse, et je vous jure, monsieur, que, si nous l'avions trouvé, nous lui aurions fait mauvais parti. Mais comment expliquer qu'il n'était pas là, qu'il s'était déjà enfui ?... Cela dépasse toute imagination. Personne sous le lit, personne derrière les meubles, personne ! Nous n'avons retrouvé que ses traces ; les marques ensanglantées d'une large main d'homme sur les murs, et sur la porte, un grand mouchoir rouge de sang, sans aucune initiale, un vieux béret et la marque fraîche, sur le plancher, de nombreux pas d'homme. L'homme qui avait marché là avait un grand pied et les semelles laissaient derrière elles une espèce de suie noirâtre. Par où cet homme etait-il passé ? Par où s'était-il évanoui ? " N'oubliez pas, monsieur, qu'il n'y a pas de cheminée dans la Chambre Jaune. " Il ne pouvait s'être échappé par la porte, qui est très étroite et sur le seuil de laquelle la concierge est entrée avec sa lampe, tandis que le concierge et moi nous cherchions l'assassin dans ce petit carré de chambre où il est impossible de se cacher et où, du reste, nous ne trouvions personne. La porte défoncée et rabattue sur le mur ne pouvait rien dissimuler, et nous nous en sommes assurés. Par la fenêtre restée fermée avec ses volets clos et ses barreaux auxquels on n'avait pas touché, aucune fuite n'avait été possible. Alors ? Alors... je commençais à croire au diable.

Mais voilà que nous avons découvert, par terre, " mon revolver ". Oui mon propre revolver... Ça, ça m'a ramené au sentiment de la réalité ! Le diable n'aurait pas eu besoin de me voler mon revolver pour tuer mademoiselle. L'homme qui avait passé là était d'abord monté dans mon grenier, m'avait pris mon revolver dans mon tiroir et s'en était servi pour ses mauvais desseins. C'est alors que nous avons constaté, en examinant les cartouches, que l'assassin avait tiré deux coups de revolver. Tout de même, monsieur j'ai eu de la veine, dans un pareil malheur, que M. Stangerson se soit trouvé là, dans son laboratoire, quand l'affaire est arrivée et qu'il ait constaté de ses propres yeux que je m'y trouvais moi aussi, car, avec cette histoire de revolver, je ne sais pas où nous serions allés ; pour moi, je serais déjà sous les verrous. Il n'en faut pas davantage à la justice pour faire monter un homme à l'échafaud ! »

Gaston Leroux,
Le Mystère de la Chambre Jaune,
© Gaston Leroux

Sueurs froides

2. L'énigme et les soupçons
Flavières, engagé pour surveiller Madeleine, ne peut l'empêcher de se suicider. Quelques années plus tard, il rencontre une jeune femme, Renée, qui ressemble trait pour trait à Madeleine. C'est alors que naissent les soupçons...

« De biais, il l'étudiait. Le front, le bleu de l'œil, la ligne du nez, la saillie de la pommette, chaque détail de cette figure aimée et cent fois contemplée dans le secret de la mémoire, était tel qu'il l'avait vu autrefois. S'il avait fermé les yeux, il se serait cru transporté dans cette salle du Louvre où, pour la première fois – la seule fois – il avait tenu Madeleine dans ses bras. Mais la coiffure de la nouvelle Madeleine n'était pas élégante : mais sa bouche était fanée, malgré les crèmes et le fard. Et c'était presque mieux ainsi. Elle ne l'effrayait plus. Il osait la rapprocher de lui, la sentir vivante de la même vie que lui. Il avait redouté vaguement d'étreindre une ombre. Il retrouvait une femme et il s'en voulait de la désirer déjà, comme s'il avait profané quelque chose de très profond et de très pur.

– Vous habitiez à Paris, n'est-ce pas, avant l'Occupation ?
– Non. J'étais à Londres.
– Voyons ! Vous ne vous occupiez pas de peinture ?
– Non, pas du tout... Je peins un peu, à mes moments perdus, mais ça ne va pas plus loin.
– Vous n'êtes jamais allée à Rome ?
– Non.
– Pourquoi essayez-vous de me tromper ?

Elle le regarda de ses yeux clairs, un peu vides, inoubliables.

– Je ne vous trompe pas, je vous assure.
– Ce matin, vous m'avez vu, dans le hall. Vous m'avez reconnu. Et maintenant, vous faites semblant...

Elle essaya de se dégager et Flavières la serra étroitement contre lui, bénissant l'orchestre qui jouait de la musique ininterrompue.

– Pardonnez-moi, reprit-il. »

Boileau-Narcejac,
Sueurs froides,
© Denoël

Le Professeur a disparu

3. L'investigation
Comment conduire l'enquête ? Un train file dans la nuit, emportant vers Venise des élèves accompagnés de leur professeur, M. Coruscant. Mais au réveil, les enfants doivent se rendre à l'évidence : M. Coruscant a disparu !

« – En résumé, la situation est la suivante :

1. M. Coruscant, notre cher et dévoué professeur, ne se trouve plus dans le train.

a) Personne d'entre nous ne l'a vu ce matin.
b) Ses affaires ont disparu aussi.
2. A moins de tirer la sonnette d'alarme, nous serons à Venise dans vingt-trois minutes, à condition bien sûr que l'on puisse se fier à la ponctualité italienne...

Ainsi posé, le problème se ramène à cette double question : où est passé M. Coruscant et que devons-nous faire ?

— Et nos passeports ? a dit Mathilde, toujours pratique, M. Coruscant les avait ramassés.

La remarque fit perdre à P.-P. de sa belle assurance. Mais rien n'était plus vrai : sans papiers d'identité, entourés d'une foule d'Italiens, notre situation empirait à vue d'œil.

— Mais alors, s'exclama notre premier de la classe, touché par une illumination subite et à vrai dire plutôt géniale : voilà qui nous renseigne approximativement sur l'heure de la disparition de M. Coruscant !

Devant notre air surpris, il gonfla les joues avec satisfaction.

— Rien de plus simple en effet. Pour entrer en Italie, nous avons dû passer la frontière !

— Je ne comprends toujours pas...

— Élémentaire, mon cher Pharamon ! Qui dit frontière dit douane ! Qui dit douane dit vérification de passeports ! Et si nos passeports ont été visés, c'est qu'à ce moment-là notre bon professeur était encore dans le train.

— Je me suis réveillée à sept heures, précisa Mathilde. Il a donc dû disparaître entre le passage de la frontière et sept heures.

— Et en consultant la liste des arrêts inclus dans cette période... continuai-je.

— ... nous aurons une idée de l'endroit où notre estimé maître a pu nous quitter. J'avoue ne pas être trop mécontent de moi.

— Mais qu'est-ce que cela change ? reprit Mathilde avec agacement. Impossible de revenir en arrière sans argent ni papiers.

— Et puis tout ça n'explique pas les raisons de sa disparition... »

Jean-Philippe Arrou-Vignod,
Le Professeur a disparu,
© Gallimard

Trafic d'or sous les T'ang

4. La résolution de l'énigme
Le coupable est enfin démasqué. Mais, comme dans Les Pistolets de Sans Atout, *le dénouement n'est pas forcément heureux. Le juge Ti, qui officie sous le règne de l'empereur Kao-Tsong, de la dynastie des T'ang, en 1633, en fait l'amère expérience.*

« – Le génie du mal qui dirigeait cette criminelle entreprise est un haut fonctionnaire de la capitale, je suppose ? demanda le magistrat.

Wang secoua la tête.

– Non. C'est un homme assez jeune, bien que déjà vieux en dépravation. Il se nomme Heou et travaille comme secrétaire auxiliaire à la Cour Métropolitaine. C'est un neveu du grand secrétaire Heou Kouang.

Le juge pâlit.

– Le secrétaire auxiliaire Heou ? s'écria-t-il. Mais c'est un de mes amis !

Wang haussa les épaules.

– On commet parfois des erreurs en jugeant ceux qui nous sont proches. Heou possède des dons magnifiques : avec les années, il serait devenu un personnage éminent. Hélas, pour parvenir plus vite à la fortune, il employa des moyens que le code réprouve et, découvert, n'hésita pas à tuer. Il était bien placé pour combiner ses friponneries car son oncle parlait librement devant lui de ce qui se passait au Ministère des Finances et, d'autre part, son poste de secrétaire à la Cour de Justice lui donnait accès à tous les documents transmis par les tribunaux de province. C'était vraiment lui le grand chef de l'organisation.

Le juge Ti se passa la main sur les yeux. Il comprenait à présent pourquoi, dans le Pavillon de la Joie et de la Tristesse, Heou avait tant insisté pour qu'il renonçât au poste de Peng-lai. Il revoyait le regard suppliant du jeune homme ; au moins ses sentiments amicaux n'étaient-ils pas feints. Et voilà que, nommé magistrat, il avait pour première tâche d'envoyer cet ami à la mort ! Toute la joie de son succès disparut. »

Robert Van Gulick,
Trafic d'or sous les T'ang,
traduction de Roger Guerbet
© Christian Bourgois

4
SOLUTIONS DES JEUX

Êtes-vous plus proche de Sans Atout ou de Bob ?
(p. 163)

Si vous avez une majorité de △ : comme Sans Atout, vous êtes attiré par l'aventure. Tout ce qui est nouveau ou insolite éveille votre curiosité. Et, pour avoir le fin mot de l'histoire, vous êtes capable de vous retrouver dans des situations inextricables. Sachez modérer votre curiosité : à trop vous occuper de ce qui ne vous regarde pas, vous risquez de vous retrouver dans la même situation que Sans Atout...

Si vous avez une majorité de ☆ : vous êtes plutôt proche de Bob. D'un tempérament rêveur et artiste, vous accordez un grand prix à l'amitié et aux confidences. Cela fait de vous un personnage très convivial et apprécié des autres. Faites attention cependant à ne pas trop vous abandonner à vos péchés mignons : la gourmandise et la rêverie.

Si vous avez une majorité de ○ : vous avez trouvé un moyen terme entre Sans Atout et Bob. Du premier, vous avez le tempérament dynamique et la curiosité toujours en éveil. Du second, vous avez le sens de la convivialité et de l'amitié. Le goût de l'action et l'art de vivre. Que peut-on souhaiter de mieux ?

Dix questions pour commencer
(p. 165)

1 : B (p. 8) - 2 : B (p. 13) - 3 : C (p. 14-15) - 4 : C (p. 26) - 5 : C (p. 23) - 6 : B (p. 27) - 7 : C (p. 42) - 8 : A (p. 17) - 9 : A (p. 22) - 10 : B (p. 44)

Si vous obtenez plus de 8 bonnes réponses : vous avez lu avec attention (et sans doute avec intérêt) ces trois premiers chapitres. Les jeux et les exercices qui suivent ne devraient donc pas vous sembler trop difficiles ! Tout va bien, vous ne vous perdrez pas dans le dédale londonien.

SOLUTIONS DES JEUX

Si vous obtenez de 5 à 8 bonnes réponses : votre score est tout à fait honorable. Certains détails vous ont sans doute échappé, mais vous devriez vous tirer des jeux et des exercices qui suivent sans trop de difficultés.

Si vous obtenez moins de 5 bonnes réponses : ce n'est pas vraiment au point. Non seulement vous risquez de ne pas venir à bout des jeux qui suivent, mais vous n'avez pas réellement profité de votre lecture. Alors, un petit effort, relisez ces trois premiers chapitres !

Argot et verlan
(p. 166)

L'extrait se trouve à la page 11 : « Doucement ! ... L'Angleterre ! »

Cockney ? Vous avez dit cockney ?
(p. 166)

1 : F - 2 : C - 3 : B - 4 : A - 5 : D - 6 : G - 7 : E

Êtes-vous bilingue ?
(p. 167)

François – Je suis content de vous voir.
M. Skinner – We're also very happy to meet you, François.
Bob Skinner – How was your flight ? Nice ?
François – Oui, merci, j'ai fait un très bon voyage.
M. Skinner – Was it your first flight ?
François – Oui, c'était mon premier vol, mais je n'ai pas eu peur du tout.
Bob Skinner – Just like me : I wasn't afraid the first time I took a plane.
M. Skinner – Let's go, children. What about a cup of tea ? And then we'll go home ?
Bob Skinner – My father is right, François. Let's take your luggage and leave.

D'où viennent-ils ?
(p. 168)

Australie : F - Chine : B, C, D - Inde : E - Iran : A - Japon : G

SOLUTIONS DES JEUX

En vol
(p. 168)

1 : E - 2 : F - 3 : G - 4 : B - 5 : C - 6 : D - 7 : H - 8 : A

Dix questions pour continuer
(p. 169)

1 : C (p. 58) - 2 : B (p. 61) - 3 : A (p. 67-68) - 4 : C (p. 77) - 5 : B (p. 96) - 6 : B (p. 88) - 7 : A (p. 92) - 8 : B (p. 105) - 9 : A (p. 103) - 10 : C (p. 82)

Si vous obtenez plus de 8 bonnes réponses : vous vous accrochez solidement. Vous avez raison : dans une enquête, aucun détail ne doit être négligé. C'est comme cela que l'on devient un bon lecteur... ou un bon détective. Sans Atout l'apprend à ses dépens.
Si vous obtenez de 5 à 8 bonnes réponses : vous avez retenu l'essentiel, suffisamment pour ne pas être perdu. Cependant, ne vous montrez pas trop désinvolte dans votre lecture. Un roman policier se savoure. Et savourer, cela signifie prendre son temps pour lire.
Si vous obtenez moins de 5 bonnes réponses : vous ne semblez pas vraiment savoir de quoi il est question dans cette histoire. Dans ce cas, il vaut peut-être mieux reprendre votre lecture au début.

Et si on allait au pub ?
(p. 170)

Pub est l'abréviation de public-house (B).

La maison du cambrioleur
(p. 171)

1. salon - 2. cette description n'est pas dans le livre - 3. cuisine - 4. bureau - 5. salle à manger.

Vrai ou faux ?
(p. 173)

Vrai : 2 - 3 - 5 - 8 - 9 - 10
Faux : 1 - 4 - 6 - 7

SOLUTIONS DES JEUX

Dix questions pour conclure
(p. 174)

1 : C (p. 108) - 2 : A (p. 111) - 3 : A (p. 116) - 4 : B (p. 120) - 5 : C (p. 127) - 6 : C (p. 134) - 7 : B (p. 138) - 8 : A (p. 151) - 9 : C (p. 149) - 10 : C (p. 149)

Si vous obtenez plus de 8 bonnes réponses : à aucun moment, vous n'avez été distrait ! Les rebondissements et les péripéties de l'enquête n'ont pas réussi à vous faire perdre pied. Ou bien vous êtes un excellent lecteur... ou bien vous êtes un excellent détective. Dans les deux cas, vous méritez des félicitations.

Si vous obtenez de 5 à 8 bonnes réponses : vous avez compris l'essentiel de l'enquête, et son dénouement ne vous a pas plongé dans des abîmes de perplexité. Il est dommage, cependant, qu'une lecture un peu trop rapide (ou distraite) vous ait fait négliger certains détails.

Si vous obtenez moins de 5 bonnes réponses : peut-être avez-vous répondu à ces questions en pensant à un autre roman... Quoi qu'il en soit, vous ne semblez pas avoir retenu grand-chose de cette histoire. Tout au plus quelques bribes. Dommage...

Testez votre culture
(p. 175)

1 : A
2 : Sherlock Holmes
Quant au pub du même nom où se rend Sans Atout au chapitre 4 (« Miss Mary »), il se trouve au 10 Northumberland Street, WC 2.

Comment ont-ils procédé ?
(p. 176)

1 : C - 2 : H - 3 : B - 4 : D - 5 : F
Explications fausses : A - E - G

Pour récapituler
(p. 177)

1 : B - 2 : H - 3 : K - 4 : L, E - 5 : D - 6 : F, J - 7 : A - 8 : I - 9 : G - 10 : C

SOLUTIONS DES JEUX

Le paysage à l'aveuglette
(p. 179)

1 : E - 2 : F - 3 : D - 4 : C - 5 : A - 6 : B

Le jeu des chapitres
(p. 180)

Skinner père et fils : C - Le mystérieux visiteur : F - Le classeur rouge : A - Miss Mary : D - Un étrange butin : I - La folle équipée : H - L'inexplicable enlèvement : E - Le tout pour le tout : G - Les pistolets : B

Qui dit quoi ?
(p. 181)

A : Morrisson - B : Miss Mary - C : M. Skinner - D : Bob - E : Carolyi

Comment créer le suspense
(p. 181)

A - *1. La menace :* « Écartelé en étoile le long du mur ... peur. »
2. La situation bascule : « Enfin. »
3. Le salut : « Elle osa se décoller et, pour ainsi dire, le rejoindre. »
B - *1. La menace :* « François chercha la serrure... prisonnier ! »
2. La situation bascule : « Enfin. »
3. Le salut : « Il découvrit le minuscule levier qui libérait le couvercle du coffre. »

Les mots brouillés
(p. 182)

Horizontalement : Sans Atout - Skinner - Humphrey - Robion - Laslo - Carolyi - Hastle - Combe - Tom - Mary - Margrave - Festival Hall - Merrill - Bob - Watson - Holmes - François - Strand - Scotland Yard
Verticalement : Morrisson
Il reste donc : PAIRE DE PISTOLETS ET BALLE

Du même auteur
dans la collection FOLIO **JUNIOR**

SANS ATOUT
ET L'INVISIBLE AGRESSEUR
n° 703

SANS ATOUT
ET LE CHEVAL FANTÔME
n° 476

SANS ATOUT
LA VENGEANCE DE LA MOUCHE
n° 704

SANS ATOUT
CONTRE L'HOMME À LA DAGUE
n° 624

Faites le plein de lecture avec le magazine jeBOUQUINE

Chaque mois, vous plongez dans un roman inédit, écrit par un auteur contemporain que vous aimez et vous retrouvez les héros d'un super feuilleton.

Vous découvrez une œuvre célèbre adaptée en bande dessinée et vous "rencontrez" son auteur pour tout savoir sur sa vie.

Et en plus, il y a de la BD !

James Bonk, Fernand le Vampire, et... et... comment elle s'appelle déjà ?

Ben, HENRIETTE, voyons !

Chaque mois, vous choisissez les meilleurs livres, CD, films et jeux vidéo.

En vente chez votre marchand de journaux ou par abonnement

jeBOUQUINE

10-15 ans

NOVEMBRE 2000 N° 201

Un roman de Marie Desplechin

Ma vie d'artiste

*En BD :
L'idée du siècle
de Daniel Pennac*

BAYARD JEUNESSE

GALLIMARD JEUNESSE